Sacrifícios Humanos

Sacrifícios Humanos

María Fernanda Ampuero

© Moinhos, 2022.
Sacrifícios Humanos – © 2021 by María Fernanda Ampuero

Edição Camila Araujo & Nathan Matos
Revisão Tamy Ghannam
Diagramação Nathan Matos
Projeto Gráfico Isabela Brandão
Capa Sérgio Ricardo
Tradução Silvia Massimini Felix

Dados Internacionais de Catalogação na Publicação (CIP) de acordo com ISBD

A527s
Ampuero, María Fernanda
  Sacrifícios humanos / María Fernanda Ampuero.
Belo Horizonte, MG : Moinhos, 2022.
120 p. ; 14cm x 21cm.
ISBN: 978-65-5681-117-8
  1. Literatura equatoriana. 2. Contos. I. Título.
  2022-1700
CDD 868.9936
CDU 821.134.2(866)

Elaborado por Odilio Hilario Moreira Junior - CRB-8/9949

Índice para catálogo sistemático:
1. Literatura equatoriana 868.9936
2. Literatura equatoriana 821.134.2(866)

Todos os direitos desta edição reservados à Editora Moinhos
www.editoramoinhos.com.br
contato@editoramoinhos.com.br
Facebook.com/EditoraMoinhos
Twitter.com/EditoraMoinhos
Instagram.com/EditoraMoinhos

SUMÁRIO

9
BIOGRAFIA

29
CRENTES

39
ASSOBIO

49
ESCOLHIDAS

55
IRMÃZINHA

69
SANGUESSUGAS

75
INVASÕES

85
PIEDADE

91
SACRIFÍCIOS

105
EDITH

111
LORENA

117
FREAKS

A Pablo

*Escrever é também abençoar uma vida
que não foi abençoada*
CLARICE LISPECTOR

BIOGRAFIA

Que imprudente, que louca, dirão, mas gostaria que me vissem sem documentos em outro país, contando e alisando as poucas notas para poder pagar o quarto e comprar um pão e um mísero café. Desespero e internet se juntam, cavalgam, dão à luz crias monstruosas, atrocidades.

Nas páginas de busca de emprego, ia anotando todas as opções de trabalho que podiam oferecer a alguém como eu.

Limpar, cuidar, cozinhar, lavar, costurar, vender, distribuir, classificar, coletar, empilhar, reabastecer, cultivar, atender, vigiar.

Eu ligava e, no mesmo instante, me perguntavam por meus documentos.

— Meu visto de residência está para sair.
— Ligue para nós quando estiver com ele.
— Seus documentos estão em ordem?
— Ainda não.
— Aqui não empregamos ilegais.

Era assim todos os dias.

A angústia me subia pelo peito como uma criatura negra, gelada, rangente, com ferrões. Vocês conhecem esse animal? É difícil explicar como ele faz um ninho em suas costas. É como morrer e permanecer vivo. É como tentar respirar debaixo d'água. É como ser amaldiçoada.

Nessas circunstâncias, escrever é a coisa mais inútil do mundo. É um conhecimento ridículo, um fardo, um fingimento. Escriturária estrangeira de um mundo que a odeia.

Uma tarde, depois de responder a não sei quantos anúncios me oferecendo como cuidadora, babá, faxineira, cozinheira, e ouvir que sem documentos não seria possível, que não empregavam ilegais, resolvi publicar uma coisa ridícula.

Você acha que sua história vale um livro, mas não sabe como contá-la? Ligue para mim! Vou escrever sua vida!

Não achei que aquela mensagem, com seus pontos de exclamação, fosse do interesse de ninguém.

Porém, na mesma hora meu telefone tocou. Número desconhecido.

— Tenho uma história que o mundo deveria conhecer.

Chamava-se Alberto. Disse que morava numa cidadezinha do Norte, que pagaria o que eu pedisse, que não poderia me dar mais detalhes pelo telefone e que eu teria de viajar no dia seguinte se estivesse interessada no trabalho.

Depois de um silêncio que ninguém rompeu, pedi muito dinheiro porque aquela voz me assustava, porque eu teria de atravessar um país que não conhecia e porque pensei que pagar aquela quantia a uma desconhecida, uma estrangeira desconhecida, o faria desistir.

— Vou te enviar um sinal agora mesmo.

O fato de ele ter parado de me tratar formalmente me assustou. Há uma familiaridade que os homens mais velhos às vezes adotam e que você não sabe se é porque te veem como uma filha boba, ou porque querem pôr as mãos em você, ou por ambas as coisas.

Logo depois que me tornei imigrante, meu chefe na lan house, o mesmo que me dizia que eu parecia a filha dele, que tinha ficado em seu país natal, havia tentado me estuprar numa daquelas cabines telefônicas onde outros e outras como eu lamentavam seus mortos ou consolavam seus vivos. Vendo que eu resistia, bateu minha cabeça contra um telefone. Com a boca cheia de sangue, eu me virei, gritei, cuspi nele.

Saí correndo seminua pelas ruas recém-lavadas e ninguém chamou a polícia, pois naquele bairro todo mundo sabia que quem a polícia realmente castigava eram aqueles que estavam sem os documentos em ordem, não os estupradores.

Meu chefe tinha todos os documentos em dia e quem estava em apuros era eu.

Olhem para mim, olhem para mim. Estou correndo rua abaixo sem um dos sapatos, a blusa aberta, o sutiã rasgado, a saia enrolada na altura dos quadris.

Olhem para mim, olhem para mim. Estou gritando como se tivesse escapado de uma explosão, o fogo ainda chamuscando meus cabelos, liberando no ar o cheiro da carne, os dentes manchados de sangue escuro. Grito que estou morrendo, que vão me matar.

Olhem meus vizinhos, calados, dos dois lados da rua. A procissão de Nossa Senhora dos Estrangeiros, virgenzinha sem pompa, que não tem a mínima importância.

Chorei no chuveiro com o sangue sujando a água como no cinema, e no dia seguinte comecei a procurar outra ocupação. Não recebi pelos dias que trabalhei na lan house.

Quando o tal Alberto me mandou o adiantamento, uma fortuna para mim, quis gritar de alegria, mas algo me disse para não fazer isso.

Nós, imigrantes sem documentos, guardamos as cédulas de cores desconhecidas perto do peito e as aquecemos com o coração, como filhos pequenos. Nós também as demos à luz, com uma dor que nos parte em duas e que o corpo não esquece.

Pensei muito, até que a cabeça doesse, sobre minhas opções. Perguntei à mulher que me alugava um espaço para dormir na sala dela, minha única conhecida na cidade, minha compatriota, e ela disse que sim, que era perigoso, na verdade muito perigoso, mas era pior ficar na rua.

— Veja, meu bem, quando você emigra sabe que qualquer coisa pode acontecer, como na guerra. Não se emigra se for para viver com medo. Cerre bem os dentes e aperte bem as pernas e faça o que tem de fazer: você sabe que o primeiro dia do mês já está chegando.

Naquele dia, com a quantia que o tal Alberto me enviou, eu me senti humana por algumas horas. Mandei dinheiro para casa, falei com meus pais ao telefone e pedi que beijassem minha filha por mim, entrei num supermercado e comprei carne e frutas frescas, tomei um café sentada no terraço de um bar, como qualquer mulher.

Então o medo me inundou com sua água ácida.

Em casa comi assustada, como os vira-latas comem. À noite, peguei um ônibus em direção ao Norte. No caminho, não sei a que horas, adormeci.

Sonhei que um peru tinha entrado furtivamente no quarto da minha filha e estava bicando sua moleira. Soube de imediato que o peru era um demônio, e que os demônios se alimentam dos pensamentos puros dos bebês. Eu queria gritar, mas não tinha boca. Os gritos ecoavam em minha cabeça, por dentro, como um chocalho, fazendo meu coração crescer cada vez mais até eu quase não conseguir respirar. Eu não tinha pernas. Também não tinha braços para pegar meu bebê e levá-lo para longe do peru. Eu não era uma pessoa, era um olho, um olho que chorava leite de sangue, de um seio infeccionado, sobre minha filha. O peru se virou e olhou para mim. Seu rosto era meu rosto. Ele gritou para eu correr.

— Corra!

Acordei com meu próprio grito, e a mulher ao meu lado olhou para mim com raiva e mudou de lugar. Estrangeira, pensou. São tão esquisitas, pensou. Ela deve estar doente, pensou. Eu lhe causei asco.

Esperava-me na estação um homem que não era o tal Alberto, mas sim alguém que, disse ele, era discípulo do mestre Alberto. Era velho, ou assim parecia: não tinha dentes e batia em meus ombros. Usava calça e camisa pretas e uma espécie de capa de pano com capuz que o fazia parecer muito estranho no meio de tantas pessoas com jaquetas acolchoadas.

Passou por minha cabeça dizer que ia ao banheiro, comprar uma passagem de volta e esquecer o assunto, mas a outra metade do pagamento me fez ficar. Para que vim, senão para ganhar dinheiro? Para que vim, senão para dar a cara a tapa? Para que vim, senão para tentar sobreviver aos golpes da vida?

Mulheres desesperadas são a carne da moenda. Nós, imigrantes, além disso, somos os ossos que trituram para que os animais comam.

A cartilagem do mundo. A cartilagem pura. A moleira.

Pensei em meus pais, a milhares de quilômetros de distância, esperando pelas transferências para começar a pagar minha dívida de viagem e alimentar minha filha. Claro que sabíamos que os agiotas são feras perigosas que facilitam tudo até que você esteja em apuros e depois te devoram vivo, mas também sabíamos que permanecer no país era ainda mais insensato.

Ao nos dolarizarmos, fomos lançados à merda: e que cada família sacrifique seu melhor cordeiro.

Tínhamos escutado histórias de imigrantes com dívidas a quem aquelas vozes aterrorizantes ligavam para dizer que naquele momento estavam vendo sua filhinha brincar no parque, e como sua filhinha é linda de trancinhas, ela deve cheirar bem, já está crescidinha, né? Parece uma flor.

Andei com o velho por meia hora num carro preto comprido. Eu estava muito assustada para conversar e ele parecia não estar lá, como se fosse um motorista pintado num carro de brinquedo. Deixamos para trás a cidade, os postos de serviço, os polígonos industriais, e seguimos por uma estrada secundária abandonada que desembocava na floresta.

Foi quando descobri que meu telefone estava sem sinal.

Foi quando chegamos à casa desse tal Alberto.

A casa era quase bonita, de pedra branca com telhado vermelho e muitos girassóis na entrada. De um lado havia gaiolas de coelhos e galinhas e um poço. A casa tinha uma chaminé, da qual saía fumaça, e uma churrasqueira de tijolos.

Lembrei-me daqueles que se deixaram seduzir pelas janelas de açúcar através das quais a bruxa canibal olhava, gananciosa.

Alberto saiu para me receber com um doberman de cada lado. Quando criança, tive uma doberman chamada Pacha, a quem alimentava com flores, folhas, tudo o que pudesse encontrar. Ela era dócil e terna até que um dia deixou de sê-lo. Arrancou um pão doce e dois dedinhos da mão direita da minha irmã bebê.

Naquela tarde, meu pai amarrou Pacha, alimentou-a, acariciou suas costas macias como seda preta e depois atirou em sua cabeça.

Eu vi tudo da janela.

Perguntei a Alberto se os cães eram bravos e ele disse que sim.

Quando me virei para me despedir do velho, o carro tinha sumido, e não havia nem sinal da poeira que ele deve ter levantado ao partir.

Por alguns segundos, Alberto e eu nos entreolhamos, nos reconhecemos.

Olhem para mim, olhem para mim. Frágil como o pescoço de uma galinha. Uma mulher estrangeira com uma mochila nas costas diante de um homem desconhecido com dois cães enormes e ferozes na parte mais remota de uma cidade remota num país remoto.

Olhem para mim, olhem para mim. Pouca coisa para o mundo, sacrifício humano, nadica de nada.

Aqui não vão me ouvir gritando.

Mesmo se minhas cordas vocais estourarem, mesmo se eu gritar até me despedaçar, ninguém vai me ouvir. Não há nada além das árvores, só o lindo céu de inverno, mas sob as árvores e sob os céus mais lindos acontecem coisas terríveis, e eles ainda permanecem lá, inabaláveis, estranhos, alheios.

As que foram comidas pelas formigas, as que já não parecem meninas e sim rascunhos, os pulsos desconjuntados, as pretas de queimaduras, os puros ossos, as furadas, as decapitadas, as desnudas sem pelos pubianos, as esfoladas, as bebês com um único sapatinho branco, as que infartam pelo pavor do que estão fazendo com elas, as amarradas com suas próprias calcinhas, as esvaziadas, as estupradas até a morte, as que são arranhadas, as que dão à luz vermes e larvas, as mordidas por dentes humanos, as machucadas, as sem olhos, as estripadas, as roxas, as vermelhas, as amarelas, as verdes, as cinzentas, as degoladas, as afogadas comidas pelos peixes, as dessangradas, as perfuradas, as desmanchadas em ácido, as espancadas a ponto de desfigurar-se.

Elas, todas elas, pediram ajuda a deus, ao homem, à natureza.

Deus não ama, os homens matam, a natureza faz chover água limpa sobre corpos ensanguentados, o sol branqueia os ossos, uma árvore solta uma folha ou duas no rostinho irreconhecível da filha de alguém, a terra faz crescer girassóis robustos que se alimentam da carne violácea das desaparecidas.

Se eu sair correndo, Alberto vai soltar os cachorros.

Quem avisará meus pais? Alguém vai me encontrar algum dia? Minha filhinha vai crescer pensando que sua mãe a abandonou? Os agiotas perdoarão nossa dívida?

Olhem para mim, olhem para mim. Com medo de demonstrar medo. Que Alberto me veja assustada pode ser o gatilho, o fósforo, o curto-circuito: por que tão nervosa? Eu te assusto? Agora você vai ver, sua puta de merda, o que é medo de verdade.

Olhem para mim, olhem para mim. Eu finjo confiança e sorrio. Ele não me devolve o sorriso.

Perguntei o nome dos cachorros e ele murmurou algo que não ouvi, mas não me atrevi a perguntar de novo. Aprendi muito jovem a não importunar o homem bravo, o homem bêbado, o homem desconhecido, o homem.

Aprendi a não dizer que essa boca é minha, porque nunca foi.

Ele entrou na casa e eu o segui. Por quê? O coração de um imigrante é um pássaro preso entre as mãos.

Preciso comer.

Preciso dar de comer.

Preciso ser comida.

Quando ele fechou a porta com o trinco, uma parte de meu corpo ficou arrepiada e a outra se transformou em chumbo. O coração se recolheu como se estivesse sendo selado a vácuo. Meus lábios grudaram na gengiva. Engoli vidro moído. Mal conseguia respirar.

Olhem para mim, olhem para mim. E me escutem. Eu digo a mim mesma: não é nada de mais, sua boba, você vai ver. Você vai ouvir a história que esse homem tem a contar e depois ele vai te levar de volta para a estação, você vai entrar no ônibus e tirar uma soneca deliciosa. Você terá dinheiro para enviar para longe. Sua filha poderá usar um vestido novo, sua mãe poderá fazer camarão ensopado, você existirá de corpo inteiro. Você existirá, idiota, você existirá.

O interior da casa era escuro e cheirava a comida rançosa, a algo com repolho que se cozinhou há muito tempo e fermentou, a pouca ventilação, a sujeira, a ar viciado. Quase não havia móveis, quadros ou espelhos. Parecia uma casa abandonada, um covil. Pedi o telefone a Alberto e ele respondeu que não tinha pagado a conta e a linha havia sido cortada. Também a luz.

Senti como se tivesse pisado numa mina terrestre, ouvi dentro da cabeça o som de uma trava, *click*. Eu estava na armadilha, aquela que faz os animais da floresta mastigarem a própria pata para fugir e sangrar no caminho. Um lampejo de terror me cegou por alguns segundos e, quando abri os olhos, olhei para ele em busca de compaixão, um pedido de desculpas, uma compreensão do terror de uma estrangeira sozinha, quem sabe onde, quem sabe com quem.

Não havia nenhuma. Nada.

Quanto tempo é preciso fingir que está tudo bem até você reconhecer que está infinitamente ferrada e que sabe disso? Quanto tempo você tem de esperar até tentar alcançar um cinzeiro, um atiçador, um vaso para estourar na cabeça dele? Quanto de prudência pode demonstrar um animal ameaçado? E uma mulher?

Olhem para mim, olhem para mim: mantenho meus bons modos diante das mandíbulas abertas da besta, caio com uma graça de princesa no abismo, engulo o vômito escuro para dizer ah, ok, é que eu queria avisar que está tudo bem.

Minha voz de ratinha me encheu de nojo.

Nós dois nos sentamos numa mesa de madeira rústica, ele na cabeceira. Peguei meu gravador, meu caderno e, enquanto ele fazia algo que interpretei como uma prece — olhos muito fechados, braços abertos, palmas para o alto —, olhei ao redor. Havia pichações na parede. Pinceladas grossas de tinta vermelha e brilhante com palavras da Bíblia:

Arrependei-vos!

Eu repreendo e disciplino todos que amo.

Pecamos! Agimos perversamente!

O fim está próximo!

Ele voltará!

Meus olhos se encheram de lágrimas e, em vez de correr, de gritar, de chutar, de dizer a ele que porra é essa, seu puto louco, maldito psicopata, estou indo embora agora, peguei um pacotinho de lenços de papel e fingi assoar o nariz.

De repente, sem aviso, sem levantar a cabeça, ele começou a falar como se estivesse se dirigindo a si mesmo.

Eu apertei rapidamente o *play* e o *rec*.

Sua voz sem inflexão, plana como um conjuro, soava como uma lixa de madeira.

Começou contando sua infância pobre na cidade, com aquela fome tão avassaladora que os forçava — ele e seu irmão gêmeo — a caçar ratos ou pombos para mastigar outra coisa além da pura miséria, para silenciar o monstro do intestino; falou das brincadeiras com pedras e latas de cerveja vazias, dos sonhos com sorvete, brinquedos, morangos e doce de leite que terminavam quando os dois acordavam na cama imunda, o pesadelo.

Falou da violência, de seu pai massacrando sua mãe, sua mãe sangrando por todos os lados, sua mãe manca, sua mãe devota, sua mãe surda de um ouvido, sua mãe sem dentes.

Sua mãe, a dolorosa.

Ele e seu irmão masturbavam um ao outro para não ouvir. Depois, batiam os punhos contra o corpo, o rosto, os genitais. Eles se sufocavam com sacos plásticos, cortavam-se com facas, arrancavam as unhas, raspavam a cabeça ferindo o couro cabeludo, faziam tatuagens toscas e perversas com agulhas e tinta, queimavam a pele.

Então descobriram a cola de sapateiro, os vícios, a prostituição.

Contou que ele e seu irmão, cada dia mais velhos, cada dia mais homens, cada dia mais sinistros, decidiram matar o pai da próxima vez que ele desse uma surra na mãe. Fizeram punhais com latas e madeiras afiadas e os guardaram sob a cama.

O pai não bateu na mãe de novo porque nunca mais voltou.

Ele e seu irmão chegaram ao final da infância naquele dia: os homens da casa não podem sonhar.

Ele falou que era um viciado em recuperação, que o amor de sua vida havia sido a droga e que, por causa dela, se rebaixou além do que poderia contar. Ele consumira de tudo até o incidente com sua mãe.

A mulher já estava muito doente quando ele e seu irmão resolveram roubar dela, mais uma vez, as poucas notas que a caridade lhe dava e os remédios que tomava para dor. Compraram drogas, saquinhos de uma merda nojenta que eles esquentavam numa colher e injetavam nos braços já quase sem veias. Adormeceram num canto com outros drogados. Não sonharam. Naquela noite, sozinha, sem medicação, em meio às dores que a faziam dar gritos de além-túmulo, tremendo como se estivesse possuída, mastigando a língua, os olhos esbugalhados, as mãos crispadas como galhos, a mãe morreu.

Eles voltaram para casa navegando céus de cor púrpura, gotejando sangue dos braços, cantando doces canções de ninar para crianças mortas. Uma vizinha tinha chamado os paramédicos. Quando os dois se aproximaram da ambulância, acharam os socorristas parecidos com atores de uma comédia de TV. Tudo era hilário para eles, em especial a postura da mãe morta, com a mandíbula torta e os olhos bem abertos. Mamãe, que engraçada, que caretas são essas, mamãe. Eles lhe deram abraços e beijos. Quando os paramédicos estavam prestes a levá-la para fora de casa, os dois irmãos decidiram se trancar lá dentro. Por que aqueles palhaços querem levá-la, se ela está tão feliz? Não é verdade, mamãe, que você está mais feliz do que nunca? Enquanto a polícia tentava derrubar a porta, eles puseram na mãe um vestido de flores miúdas, dançaram com a morta, ajeitaram uma flor de plástico em seu cabelo, mexeram seus braços para fazê-la dançar com graciosidade, deram-lhe vinho e cigarros. É a última vez, mamãezinha, disseram a ela. Desculpe pelos comprimidos, não faremos isso de novo. Mas veja como você está fantástica, você não precisa mais deles. Dance, mamãezinha, dance. Então a mãe morta agarrou seus braços com tanta força que lhes deixou marcas roxas por várias semanas. Alberto apertou seus pulsos como se ainda doessem e, depois de um longo silêncio, lhe saiu um fio de voz.

— Ela olhou para nós e disse que, se voltássemos às drogas, viria nos matar.

Naquele momento, a sobriedade os atingiu e eles perceberam que estavam profanando o corpo decrépito da mãe.

— Até hoje não consigo explicar como foi que ela agarrou nossos braços. Deve ter sido o *rigor mortis*, não sei. A partir de então, mudei completamente de vida, não voltei a me injetar drogas, tive de me afastar dos traficantes, dos conhecidos. Vendi o apartamento, vim para essa aldeia. Aqui a natureza me limpou e aqui encontrei a palavra. Ou a palavra me encontrou, não sei. Meu irmão também encontrou a palavra, mas de uma forma mais obscura, mais prejudicial.

Ousei fazer apenas uma pergunta.

— Onde ele está agora?

Alberto suspirou.

— Para mim, é difícil falar dele. Amanhã continuamos.

Seu rosto mudou, ele fez uma careta horrível, como se estivesse sofrendo uma dor excruciante, que o transformou em outra pessoa. Seus olhos se converteram em duas brasas vermelho-vivas bem atrás do globo ocular. Gritou com a boca tão aberta que pude ver as lacunas onde deveriam estar os dentes, as manchas pretas de cáries, a língua pontiaguda.

— Diga à vadia que estou aqui. Conte a ela sobre mim, filho da puta. Você trouxe esse pedaço de merda estrangeira para ouvir nossa história, agora conte, mas conte bem, irmãozinho, não se esqueça de nada.

Ele me olhou nos olhos pela primeira vez em toda a tarde.

— O que há de errado com você, sua porca? Quer que eu te diga a verdade, o que o covarde do meu irmãozinho não é capaz de te dizer? Você quer que eu te fale sobre Nosso Senhor da Noite? Você acha que tem a porra do direito de entrar na nossa casa assim do nada? Lixo estrangeiro, sua puta nojenta, por que você veio? Para roubar. É para isso que todos vocês vêm. Claro, vocês vêm para tirar o que é nosso. Vocês querem tudo, tudo: nosso dinheiro, nossas histórias, nossos mortos, nossos fantasmas. Você já vai ver o que o Senhor e eu reservamos para você e para todas aquelas vadias que vêm sujar nossas ruas.

Os cães latiram enlouquecidos.

— Você sabe de que meus cachorros se alimentam? De putas estrangeiras como você.

Olhem para mim, olhem para mim. Eu me levanto numa velocidade impossível, recuo até ficar colada na parede, cubro o rosto com as mãos, mordo o punho para que não saia o grito que me ensurdece por dentro. O raio branco do terror me atravessa completamente. O coração, como um louco perigoso, bate contra as paredes. Eu gemo, peço por favor, por favor, por favor. Digo que tenho uma filha, Alberto, por misericórdia.

— Sente-se agora mesmo, sua vadia, claro que você tem filhos, todas vocês dão à luz como porcas, vocês têm tantas crianças que, em breve, não haverá mais ninguém com sangue limpo nessa porra de mundo. Nós vamos matar todas vocês.

Ele cuspiu no chão.

Àquela hora, a única luz que nos iluminava vinha da lareira que estava atrás dele, e uma luz âmbar avermelhada brilhava às suas costas, projetava sombras gigantescas nas paredes que gritavam em vermelho brilhante: arrependei-vos, o fim está próximo, arrependei-vos.

Eu o vi se aproximar de mim.

Olhem para mim, olhem para mim. Iluminada de pavor, os olhos cegos e gigantescos, à beira do desmaio, o cérebro faiscando como uma pedra de amolar.

Olhem para mim, olhem para mim. Obrigando-me a pensar na única coisa possível: você está sonhando, isso não é real, acorde agora, acorde.

Olhem para mim, olhem para mim. Quando ele já está tão perto que posso sentir seu hálito de salitre e decomposição, faço xixi nas calças, não consigo falar. Faço sons guturais, guinchos, como se, em vez de humana, eu fosse um coelho ainda vivo nas mandíbulas de um lobo. Minha voz sai atordoada, apenas um suspiro.

— Alberto, eu lhe imploro, pense na sua mãe, Alberto.

Olhem para ele, olhem para ele. Cala-se como se tivesse sido apagado com um extintor de incêndio, baixa a cabeça, pede desculpas.

— Olhe, me desculpe, meu luto é muito recente e às vezes não me sinto bem.

Já era noite escura, a noite mais negra que se possa imaginar, a de quando o mundo ou suas criaturas não existiam, quando ele se afastou de mim. Acendeu velas vermelhas que distribuiu pela casa. Havíamos passado sete horas sentados, sem água, sem comida, sem ir ao banheiro.

— Alberto? Você está bem?

— Claro, mulher, claro.

— Alberto? Você poderia me levar até a estação? Sabe, estou pensando que é melhor depois...? Quer dizer, eu gostaria de voltar...

— Impossível, não tenho carro e a essa hora não há ônibus.

Peguei minha mochila e a abracei. Perguntei onde ficava o banheiro num sussurro. Estava encharcada em minha própria urina e, além disso, menstruada. A umidade sangrenta corria por minhas pernas até os sapatos. Em meu estômago, estava acesa uma vela de ignição de terror.

Quando ele abriu a porta do banheiro, o cheiro escapou como um animal selvagem, faminto e tóxico. Entrou em minhas narinas como um estupro e me empurrou para trás. Cheirava a amônia pura, a coisa morta, pus, sangue podre, escape de gás. Iluminado pela luz vermelha da vela, o chão, a privada, grande parte das paredes, a pia, a banheira, tudo era de uma cor acastanhada que parecia viva, orgânica. Tive de fazer um esforço imenso para não vomitar. A pestilência me embebia por dentro como um banho de águas fecais, e as solas de meus sapatos grudavam naquela coisa escura e emborrachada que cobria o chão.

Eu teria preferido fazer lá fora, entre as árvores, mas pensei nos cachorros, no escuro, nele e no que quer que fosse o Senhor da Noite.

Metade da porta do banheiro era de vidro chanfrado. Enquanto eu tentava fazer xixi agachada sem me sujar de urina ou sangue, enquanto tirava minhas calças, a calcinha e o absorvente encharcado, tentando não tocar em nada e ao mesmo tempo ficar limpa, vi a sombra da cabeça dele cada vez maior do outro lado da porta. Não saiu dali. Ouvi uma voz sussurrando que não, que não, e outra, aquela outra voz diferente e monstruosa que dizia mariquinha, sua porra de maricas, você não faz nada certo, sua porra de doente, idiota, por que você a trouxe então?

Eu o imaginei quebrando o vidro, destrancando a porta e me estuprando e me matando naquele chão repugnante, onde flutuavam coisas que pareciam cabelo, que pareciam coágulos.

Eu queria lhe dizer para não me espionar, eu queria gritar com ele qual é o seu problema?, mas nenhuma palavra saiu. Procurei por onde fugir, mas no banheiro só havia uma pequena janela gradeada.

Ao lado do banheiro ficava o quarto que Alberto tinha preparado para mim. Havia uma pequena cama, uma mesinha de cabeceira e uma cadeira de balanço na qual se sentava um velho urso de pelúcia gigantesco. O cômodo tinha uma janela com cortinas e através delas era possível ver a sombra dos cachorros, um do lado do outro, de pé, tão altos quanto eu. Ouvia-se a respiração dos animais, forte, áspera, caçadora.

Alberto colocou velas vermelhas na mesinha e o quarto se encheu de uma luz enfermiça, de igreja velha, aquela que ilumina as meninas de joelhos em genuflexórios empoeirados, pedindo desculpas por coisas que elas não sabiam que eram pecado.

Na parede havia outro enorme grafite vermelho: *Arrependa-se!*, e sobre a cama uma cruz com um Cristo banhado em sangue.

— Este era o quarto da minha mãe. Aqui você vai ficar confortável.

Ele fechou a porta, afastou-se alguns passos e voltou.

— Não se esqueça de passar o trinco.

Olhem para mim, olhem para mim. Sozinha num quarto gelado que cheira a mofo e velharia, e separada por uma simples porta de um homem que ameaçou me atirar como comida a seus cães. Tento não fazer barulho. Empurro com cuidado a cama contra a porta e subo nela sem tirar os olhos do ferrolho.

Olhem para mim, olhem para mim. Uma estrangeira sozinha que é como um cervo que é como um bebê que é como uma pele do dedo que é facilmente arrancada, mastigada e cuspida. No meio da floresta, na casa do terror, ouvindo os latidos raivosos dos cachorros, começo a chorar como nunca chorei em minha vida.

Não olhem para mim. Vocês vão sentir raiva, vão dizer: que imprudente, que louca.

O cérebro comanda de novo: você precisa se salvar. Muito devagar, sem tirar os olhos da porta, abro armários e gavetas. Tem de haver algo com que eu possa me defender. Ao passar pela cadeira de balanço na qual está o urso, estremeço. Aquela coisa parece viva, seus olhos brilham à luz vermelha da vela, suas pequenas garras parecem estender a mão para me tocar.

Olhem para mim, olhem para mim. Como se houvesse uma cobra venenosa sob meus pés, fico paralisada. Numa das gavetas encontro passaportes, passaportes azuis, vermelhos, verdes, de meninas de todo lugar. Como o meu, o de quase todas elas é o primeiro passaporte da vida. Sorriem com o queixo travado. Assim foi como eu também sorri.

Pego o gravador e repito seus nomes como se estivesse rezando um rosário. Repito suas datas de nascimento, suas origens, a data de chegada ao país, descrevo-as o melhor que posso. Seguro cada passaporte por um momento contra meu coração enlouquecido.

Olhem para mim, olhem para mim. E me escutem. Eu pronuncio seus nomes da melhor maneira possível. Awa. Fatima. Julie. Wafaa. Bilyana.

Olhem para elas, olhem para elas. Também foram imprudentes, loucas.

Também foram imigrantes.

Fecho a gaveta dos passaportes e, em outra, encontro escovas de dentes, agendas telefônicas, desodorantes, cremes, unhas postiças, curvadores de cílios, óculos, missais, o Alcorão, selos de virgens e santas, livros, fotos de meninos e meninas, de pessoas sorridentes na frente de uma casa, de uma senhora muito idosa cercada por dezenas de adultos, adolescentes e crianças.

Numa terceira gaveta, encontro mechas de cabelo: cabelos cacheados escuros, cabelos lisos pintados de vermelho, cabelos loiros como palha seca, cabelos que pertenciam a alguém, que brilhavam sob o sol na cabeça de uma mulher viva.

Aterrorizada, dou alguns passos para trás e tropeço na cadeira de balanço. O urso cai, eu caio. No chão, o urso e eu parecemos dois animais agonizantes, exangues, que finalmente foram caçados.

Os cães sabem disso. Farejam frenéticos o ar de sangue, lambem suas presas com a sede da antecipação, enchem a janela de saliva e rosnados.

Fico no chão olhando para o urso, que me devolve o olhar. Tiro uma tábua solta de debaixo da cama, agarro-me a ela como se em vez de imigrante eu fosse, quem sabe, uma bruxa, uma amazona. Imagino o festival de pauladas, imagino Alberto afundando num mar de sangue, cérebros e dentes, pedindo por favor.

Cada hora que passa é um milênio, e nesse milênio o urso e eu esperamos que aconteçam coisas horríveis, envelhecemos, choramos sem fazer barulho. A madrugada traz uma tempestade. Lá fora, além dos cães, também o vento parece uma matilha: os relâmpagos, os trovões, os galhos das árvores batendo furiosos na janela.

Olhem para mim, olhem para mim. Pego a pata do ursinho sujo e o aproximo de meu corpo. Lado a lado, o urso e eu somos o exército mais miserável do mundo, entrincheirados contra o Mal atrás de uma pequena cama de solteiro.

Eu rezo, acariciando a lã do urso em minha mão suada, e sinto que o urso também reza.

Quando ouvimos algum barulho do outro lado da porta, o urso e eu apuramos os ouvidos, abrimos os olhos inúteis diante de uma escuridão que há muito engoliu a vela, gememos de medo.

A maçaneta se move para cima e para baixo, para baixo e para cima, para cima e para baixo. Alberto quando não é Alberto ataca com uma fúria monstruosa. Parece que vai pôr a porta abaixo.

— Abra, sua puta, abra que eu tenho um trabalho para você, não é o que você queria? Vir aqui trabalhar? Abra a porra da porta, merda estrangeira, abra agora mesmo.

Eu abraço o urso e choro, imploro.

— Alberto, por favor.

Escuto a voz de Alberto. Pede calma, pede respeito. Começa a rezar aos gritos, e aos gritos chama sua mãe.

— Pai nosso que estais nos céus, santificado seja o vosso nome, venha a nós o vosso reino, seja feita a vossa vontade. Mãe, por favor, mãe.

A outra voz, a que parece sair das entranhas de Alberto, diz a ele que é inútil orar, que aquela puta já está morta, para que você a trouxe se não foi para que ela faça parte da cerimônia.

Alberto continua rezando.

— Livrai-nos do mal, livrai-nos do mal. Mãe, eu te imploro, mãe. Chega.

De repente, um grito terrível, insuportável, desumano: o grito de alguém que não acredita no que está vendo, pois o que está vendo não é possível.

O urso e eu imaginamos: um golpe contra um rosto afundando o nariz até o fim, a trituração brutal de um crânio caindo no chão, a geleia dos olhos estalando sob a pressão dos dedos, o gorgolejar de sangue escorrendo do pescoço aberto, o estertor rouco de uma voz derradeira.

Depois, mais nada. Nem Alberto, nem oração, nem ogro, nem socos na porta ou qualquer outra coisa. Um silêncio que é como a escuridão: uma boca aberta que não fala.

Abraço o urso com mais força. Dou um beijo em seu focinho cheio de pó. Ficamos assim por horas, comprimidos contra a cama, ele com seus olhos de urso e eu com meus olhos de mulher estrangeira, olhando fixo para o nada, esperando quem sabe o quê.

Quando me levanto, percebo que os cachorros estão calados há horas. Eu me aproximo da janela, eles não estão lá. Olho para o céu. É o céu mais lindo que já vi na vida. As estrelas brilham como não brilham na cidade, todo-poderosas, exageradas. Eu me lembro de que alguém me disse que as estrelas que vemos estão mortas há muito tempo e penso que seria bom se as desaparecidas brilhassem assim, com aquela mesma luz ofuscante, para que fosse mais fácil encontrá-las.

A porta da frente está escancarada. Abraço o urso e lhe digo obrigada, acaricio seu rosto peludo e o sinto tão molhado quanto o meu. Abro a janela com um cuidado infinito e saio como uma recém-nascida para a noite estrelada do mundo.

Olhem para mim, olhem para mim. Escapo como um animal surpreso de ter sobrevivido, um animal que não olha para trás porque ninguém o segue, um animal que dá grandes passos e levanta poeira e se banha nela como se fosse purpurina. Vivo. Um animal vivo.

O vento seca minhas lágrimas enquanto corro em direção àquela fenda púrpura no horizonte. O dia cruzando a fronteira negra da noite.

Olhem para elas, olhem para elas. Na beira da estrada, como sombras, elas me veem passar e sorriem, irmãs da migração. Sussurram: conte nossa história, conte nossa história, conte nossa história.

Olhem para ela, olhem para ela. Apenas um lampejo de cabeça branca e vestido de flores miúdas que me abençoa como todas as mães: fazendo com as mãos o sinal da cruz.

CRENTES

O sol nunca batia numa das vielas e ali se formava uma lama espessa, quase viva, as costas de um sapo no chão e nas paredes. Descobri isso no dia em que a greve começou, louca de liberdade porque era uma terça e às terças eu tinha duas aulas seguidas de matemática e educação física, meus demônios.

Naquela manhã, chegamos à escola e ela estava fechada por causa da greve. Meus pais me levaram para a casa da minha avó e num impulso, desses que nos deixam com um pé no ar e o outro no chão, resolvi ajudá-la com as rosas-chá, que eram rechonchudas, rosadas e cheias de espinhos, como minha própria avó, mas logo percebi que ela fazia aquilo, cuidar das flores, justamente para não cortar a cabeça das pessoas com a tesoura. Com suas luvas pretas e seu cigarro no canto da boca, parecia um açougueiro.

Vasculhei entre as ferramentas do meu avô, ordenei-as por tamanho, tirei alguns fios para ver o brilho do cobre e fazer uma pulseira ridícula. Meu avô teria me ensinado algum truque de mágica ou explicado sua coleção de cédulas do mundo uma a uma. Mas o vovô estava morto porque, como meu pai dizia, deus leva primeiro seus favoritos.

Depois de um tempo, entediada, comecei a correr em volta da casa. Conforme eu andava com os sapatos pretos do uniforme, o chão fazia um barulho estranho, como um saco de bolinhas de gude que estoura, como de chão que coaxa. Gostei daquilo.

O sol nunca batia numa das vielas e foi ali que eu escorreguei numa lama melada e peluda como um rato verde e caí de costas e fiquei ali, de barriga para cima, com a saia levantada, minha calcinha branca e eu olhando para o céu. Tive vontade de chorar, mas não de dor, e sim de medo. Foi a primeira vez que pensei na minha própria morte, e a morte era exatamente isto: ficar sozinha numa viela na qual o sol nunca bate, um lugar em que ninguém nunca vai procurar por você. Também foi a primeira vez que pensei que teria de viver comigo, uma voz cansada, teatral, insistente, por toda a minha vida.

Depois de um tempo, Patafría passou carregando um cesto de roupas sujas. Primeiro se assustou, mas depois foi ver se eu estava bem, me levantou, sacudiu minha calcinha branca e me disse: você parece uma tonta, garota, deitada aí. Fomos para a cozinha, ela limpou minhas pernas e o rosto com um pano úmido que cheirava a matadouro. Não chore, disse ela, sua avó não gosta de meninas choronas.

Patafría, na verdade, queria dizer que minha avó não gostava de nada que não fossem as cartas, ela mesma ou a nicotina. Eu não pretendia chorar, mas, já que ela tinha mencionado, senti que devia fazê-lo: vou morrer, já me via morta e senti falta de mim e de todas as coisas que eu pensava em fazer comigo. Eu vou morrer, Patafría, você entende? Uma coisa gelada como a própria morte me perfurando o corpo. Eu parei quando Patafría levantou um dedo ossudo, da cor do chocolate quente, e sacudiu-o na frente do meu nariz. Sem choro.

Patafría era a mulher que trabalhava para a minha avó. Não se chamava assim, o nome dela era María, como minha avó, mas vovó tinha mudado seu nome porque serem homônimas era insuportável para ela.

Patafría tinha uma filha, Marisol, que um dia depois do início da greve apareceu por lá.

Fiquei surpresa que tão perto do meu mundo vivesse uma garota da minha idade e eu não a conhecia. Eu tinha poucas amigas. Por que a filha de María Patafría nunca tinha ido às minhas festas de aniversário, ou o contrário: por que eu nunca tinha sido convidada para o aniversário da filha de Patafría? Por que nunca a trouxeram para a piscina? Por que eu nem sabia da sua existência? Com quem Marisol morava, se Patafría morava na casa da minha avó? Eu não podia perguntar à minha avó nem a Patafría. Então, perguntei à própria Marisol. Ela deu de ombros, me pegou pela mão e me levou até a viela em que o sol nunca batia.

Havia algo estranho em Marisol, embora eu não soubesse o que era. Ela respondia o que queria, permanecia com a boca aberta por muito tempo, coçava a cabeça sem parar ou ficava em silêncio, como se estivesse ouvindo alguém que está lhe dando ordens muito confusas, mas muito importantes. Sorria muito, apesar disso, e era divertido que houvesse outra garota na casa da minha avó. Também não era tão ruim que ela tivesse a língua um pouco saliente ou risse muito alto ou respondesse qualquer coisa ou aplaudisse os aviões. Como parecia muito tedioso ensiná-la a jogar cartas, tentei mostrar-lhe o som das bolinhas de gude quando corríamos pela viela. Nós corremos e corremos, e, no fim, exaustas, decidimos ser melhores amigas. Ela cuspiu na mão e estendeu-a para mim. Eu entendi que tinha de fazer o mesmo. Fizemos isso e a baba selou nossa amizade.

Mais ou menos naquela época, os Crentes tinham se instalado na casa da minha avó. Eram dois, um alto e um baixo, e foram batizados com estes nomes: Crente Alto e Crente Baixo, porque os nomes deles, embora os repetissem devagar e soletrando, eram impronunciáveis. Os Crentes disseram que passavam temporadas em diferentes países falando sobre como era bom ser crente. Países pobres como este, vovó disse mais tarde, esses daí vêm para enfiar aquela religião deles nos pobres, supostamente com a promessa da salvação e essas bobagens todas. Minha avó não ligava para a fé, o que ela achava atrativo era o dinheiro oferecido pelos Crentes por aquele depósito que ela tinha arrumado e que continuava com o teto cheio de morcegos, um lugar que papai disse que ninguém nunca jamais alugaria, nem se fosse de graça.

Os Crentes passavam o dia fora. Eu os imaginava andando pela cidade em greve, paralisada e em chamas, como turistas do fim do mundo, fascinados pelo fato de que os homens morenos se matassem uns aos outros. Nunca sabíamos se eles estavam em casa porque a porta ficava sempre fechada e eles puseram folhas de jornal na janela para que não pudéssemos ver seu interior. Eles vinham até a cozinha muito de vez em quando para pedir água gelada. Nunca aceitavam mais nada. Patafría sentia pena deles, dizia que era injusto que eles vivessem naquele buraco infernal sem ventilação nem conforto, mesmo que o quarto dela fosse uma bodega minúscula onde cabiam apenas seu beliche e uma caixa virada ao contrário na qual ela apoiava sua escova de dentes e a Bíblia.

Quando eles vinham buscar água, ela lhes oferecia um pouco de comida ou uma jarra de suco, mas eles diziam não, não a tudo. Também lhes dava pau-santo para espantar os mosquitos que os comiam vivos, mas eles diziam não e ela ficava com as folhas na mão olhando para eles com admiração, talvez amor, enquanto os dois voltavam para o seu buraco.

O que os Crentes comiam? Ninguém sabia. Não aceitavam a comida de Patafría e também não tinham onde preparar nada naquele quartinho. Uma vez deixaram a porta aberta sem querer e eu os vi nus, despejando jarros de água gelada um no outro. Em seguida, deitaram-se de costas e ficaram lá, molhados, com a língua para fora, ofegantes, até que ouvi Patafría me chamando para comer. Não contei a ninguém o que tinha visto.

Eles geravam em mim toda a curiosidade do mundo. Os Crentes eram lindos, loiros como o Menino Jesus e, com certeza, deviam ser gentis com as crianças. Meus pais me advertiam sem parar sobre os homens da rua, sobre o vagabundo que roubava crianças, sobre aqueles que pediam esmola, mas nunca sobre os homens de olhos quase transparentes de tão azuis, de tão verdes. Eles tinham de ser os mocinhos.

Os Crentes, por exemplo, deram a Patafría alguns livros preciosos que, embora estivessem em outro idioma, tinham desenhos hilários sobre alienígenas, ou que pareciam alienígenas, e a festa de animais, pessoas e alienígenas. Histórias incríveis poderiam ser inventadas com os desenhos do livro dos Crentes, mas Patafría nem os folheou. Agradeceu e os deixou num canto da cozinha. Sempre lamentei que eles não tenham me dado um daqueles livros.

    O que eu não entendia era como minha avó admitia os Crentes vivendo na sua casa se meu pai dizia que eles eram pecadores, mas uma vez ouvi papai dizer à mamãe que era melhor que eles estivessem lá para a minha avó ganhar um dinheirinho e que, claro, se você não os ouvisse falar sobre a salvação e o planeta para o qual os escolhidos iriam, eles eram bastante inofensivos. Papai dizia que na situação do país, com a greve e tudo mais, era bom que a vovó tivesse dois homens brancos em casa.

    Naquele dia, o primeiro dia da greve, Marisol e eu, já amigas para sempre, descobrimos um buraco no quintal através do qual era possível ver o quarto dos Crentes. Estávamos ficando entediadas porque lá não havia nada de interessante. Os Crentes não tinham eletrodomésticos, nem enfeites, nem fotos, nem uma única coisa além das suas camisas brancas, suas calças pretas e uma maletinha para cada um. De repente, Marisol gritou e cobriu a boca com as mãos. O que foi? O que você viu? Uma criança, disse.

    Os Crentes não podiam ter uma criança lá naquele quarto.

    Inclinei-me e comecei a gargalhar. Numa das cadeiras havia uma trouxa de roupas. Eu disse a Marisol que ela era uma boba e ela me bateu e eu bati nela e ficamos com raiva por uma hora até que percebi que, se a perdesse, eu ficaria sozinha. Então me aproximei e, não sei por quê, contei a ela sobre aquela vez que minha avó tinha encontrado uma gata recém-parida no quintal e pegou os gatinhos, enfiou-os num saco plástico, fechou-o bem com três nós e pisou neles com seus sapatos ortopédicos. Depois, misturou algumas bolas cinzentas de veneno com atum e deu para a gata mãe. Fiquei muito séria para que Marisol entendesse que minha avó era perigosa.

    — Você sabe qual o barulho do crânio dos gatinhos sob o sapato da sua avó? Não? Pois eu sim.

Ficamos com calor e entramos em casa. Era a hora dos desenhos animados. Tirei os sapatos e subi na cama da minha avó. Disse a Marisol para fazer o mesmo. Quando minha avó entrou, encontrou nós duas, as cabeças unidas, assistindo ao *Pica-Pau*, e chamou furiosa por Patafría para que levasse a filha para a cozinha.

Então ordenou que ela trocasse o cobertor, as fronhas do travesseiro e os lençóis.

Daquele dia em diante, comi na cozinha com Patafría e Marisol. Não houve jeito de a vovó me convencer a comer com ela, embora ela usasse a ameaça de que meu pai ia me bater. Desde aquele dia também me tornei para ela uma garota problemática, malcriada e indigna.

Na rua, a greve ficava cada vez mais violenta. Algumas amigas da vovó vinham lhe dizer que os funcionários de não sei quem tiraram a empresa dele e o penduraram ali mesmo, sobre as máquinas, enquanto todos os outros aplaudiam. Esses negros, diziam, esses ingratos, essas bestas, esses assassinos. Contavam de uma família na qual a cozinheira tinha jogado veneno na sopa e agora ela e seus filhos viviam na mansão, entravam na piscina e usavam suas roupas de grife. Outras mulheres passavam para se despedir porque estavam indo embora do país. Elas choravam.

— Eles estão nos matando, María. Vão embora enquanto é tempo.

Patafría também chorava. Dizia que o rio levava cadáveres cheios de buracos de bala e que, de madrugada, as mães dos assassinados iam deixar crucifixos na água.

— Esse rio não é mais rio, tem só morto, é pura água de morto.

A polícia ia aos bairros dos trabalhadores e estuprava suas mães e suas filhas e suas irmãs e suas avós. Então eles pegavam tudo que havia de valor e queimavam as casas. Deixavam-nas seminuas, ensanguentadas, estendidas na terra.

Às vezes, o cheiro ardido da pólvora e do gás lacrimogêneo chegava até a casa da vovó e era preciso correr para fechar as janelas. Durante todo o dia e toda a noite se ouviam os tiros.

Mamãe e papai não voltaram. Eles temiam que, se deixassem a fábrica a descoberto, os trabalhadores a tomariam, como tinham tomado as dos seus amigos, então levaram colchões e fogareiros e ficaram lá no escritório, cuidando, como dizia o papai, daquilo pelo qual o vovô tinha trabalhado tanto. Minha avó um dia foi levar a espingarda para eles e, na volta, ela parecia muito mais velha, como se, em vez da fábrica, estivesse voltando dos mortos. O que será que ela viu no caminho? Suas roupas estavam rasgadas e havia lama grudada nos seus cabelos.

Pela primeira vez, chamou Patafría de María.

— María, você não vai nos trair, vai? Aqui nós te tratamos como família, nós demos a você tudo de que precisava, eu até deixei que você trouxesse sua filha quando seu marido e sua irmã se juntaram à greve. Você gosta de nós, não é, María?

Marisol e eu começamos a ficar obcecadas com os Crentes, pensávamos que eles salvariam o país da greve e que todos nós seríamos felizes. No cinema, homens como eles salvavam o planeta.

Chamamos de Miguelito o menino que Marisol afirmava ter visto e que para mim era uma trouxa de roupa, e todos os dias inventávamos novas aventuras para ele. Miguelito viajava pelo espaço, lutava contra gigantes, ia para o futuro e se casava conosco, herdava milhões, fazia um safári. Tudo. Miguelito fazia de tudo, mas sempre se metia em problemas. Morríamos de rir porque terminávamos salvando Miguelito e toda a humanidade.

Nossa amizade era como o amor, uma maravilha que crescia.

Às vezes nos beijávamos como nas novelas. Eu punha meus lábios sobre os dela e respirávamos. Eu gostava mais do bafio salgado do seu hálito do que de doces e sentia que poderia ficar assim, uma boca contra a outra, para o resto da vida. Tocava seus cabelos crespos e ela soltava os meus e os fazia dançar contra meu rosto. Com uma fronha na cabeça e uma gravata do meu avô, nós nos casávamos. Às vezes eu usava a gravata, às vezes ela, mas sempre terminávamos com as mãos e os lábios unidos, tão próximas que parecíamos uma garota siamesa.

Quase todas as noites Marisol esperava que Patafría adormecesse e entrava em casa para dormir comigo. Sem sono, tremendo de excitação, contávamos histórias que conhecíamos e inventávamos outras novas. Era maravilhoso contar histórias para surpreender a outra, para fazê-la rir, para fazê-la se assustar, para ser, por um tempinho, a mesma pessoa.

Era maravilhoso contar histórias para Marisol até que ela adormecesse com os lábios entreabertos por onde escapava aquele hálito de salitre que cheirava a pântano, a mangue.

Uma noite ouvimos um choro, como de uma criança que chorava, ou talvez de uma gata no cio. Descemos como duas sombras e Marisol espiou pelo buraco dos Crentes. Ela olhou para mim e no seu rosto eu vi horror, mais horror do que se pode pôr em palavras, mais horror do que uma menina pode suportar. Eu queria olhar, mas ela não deixou, ela me abraçou e escutei seu coração, um animal que vai ser abatido.

Corremos para o pátio e ela me disse que os Crentes estavam mordendo a criança. Não acreditei nela. Voltei sozinha e olhei pelo buraco. O Crente Alto limpava a boca enquanto o Crente Baixo amarrava um saco de lixo.

Eu ri de Marisol.

— Era frango, boba, eles estavam comendo frango.

Ela tremia como uma vara verde e, chorando, foi dormir com sua mãe.

No dia seguinte, fomos acordadas por gritos vindos da rua. Alguém chamava María. Tinham matado o marido dela, sua irmã, metade do bairro. A mãe dela havia ficado gravemente ferida, e todas as casas tinham sido queimadas.

María, Marisol, minha avó e eu, uma ao lado da outra, olhávamos para aquela mulher que tinha cruzado a cidade para trazer as notícias, com a cabeça pegando fogo, os joelhos frouxos e as mandíbulas rígidas como as pessoas que vão ser fuziladas. A mulher foi embora e María caiu no chão. Minha avó se abaixou para confortá-la. Com María toda encolhida e minha avó cobrindo-a com seu grande corpo, não se sabia de qual das duas era aquele grito tão selvagem, tão ferido, tão animal. Talvez fosse das duas ao mesmo tempo: o choro em uníssono de duas mulheres que foram decapitadas pela dor.

Marisol e eu também nos jogamos no chão, uma sobre a outra, e lá ficamos nós quatro, duas mulheres e duas meninas chorando alto, sabe-se lá por quanto tempo.

María se levantou e foi procurar sua mãe. Antes de sair, disse à minha avó que ela tinha de cuidar de Marisol como se fosse sua neta e vovó prometeu fazê-lo. María insistiu e vovó pôs a cruz que usava no peito sobre os lábios. Juro por Deus. Marisol queria correr atrás da mãe, mas minha avó a enredou com seus braços de coveiro. Pensei nos gatinhos que a vovó havia separado da mãe, no som daqueles minúsculos crânios, no último grito.

Os dias foram passando e minha avó aos poucos foi deixando de se levantar, até que simplesmente não fez mais isso. Chamava Marisol para trazer-lhe café e cigarros, para esfregar seus pés ou desembaraçar seus cabelos. Marisol sempre subia e descia com mais ordens da minha avó e por isso era muito difícil que conseguíssemos brincar. Eu prometi a ela que, quando meus pais voltassem, levaríamos as duas, ela e María, para morar conosco.

Meus pais mandavam, sempre que podiam, pessoas de confiança para dizer à vovó que eles estavam bem, mas um dia essa notícia parou de chegar. Ouviam-se rumores de que nenhum empresário foi deixado vivo na cidade, de que os cercavam e os deixavam morrer de fome, que alguns se atiravam das janelas dos edifícios e se estatelavam como vidro no chão, de que haviam ateado fogo à zona industrial e ao centro, de que os cadáveres, às centenas, atraíam urubus, ratos, gatos e cães. Pensei nos meus pais e nos animais comendo o rosto deles.

Uma tarde, os Crentes chegaram com duas crianças pequenas e no dia seguinte, com mais duas. Estavam famintas, sujas e atordoadas. Pareciam estar vagando havia muitos dias.

Vovó escutava barulhos e nos perguntava o que estava acontecendo. Mentíamos para ela que eram mendigos pedindo pão ou moedas e ela dizia para não deixá-los entrar por nada neste mundo, que aqueles negros famintos matariam a mãe por causa de uma batata podre, que eles iriam nos estuprar e depois nos comer vivas.

Os Crentes espalharam lençóis pelo quartinho e lá dormiam as crianças. A vovó parou de perguntar sobre os ruídos porque parou de falar completamente. Marisol e eu a limpávamos o melhor que podíamos e também lhe dávamos a comida que preparávamos com o que restava na despensa: um pouco de arroz, um pouco de atum, um pouco de molho de tomate.

Marisol nunca se aproximava dos Crentes, ainda estava obcecada pensando que eles comiam pessoas e todas as manhãs olhava pelo buraco para se certificar de que as crianças estavam completas. Depois de alguns dias de observação, baixou a guarda. Os Crentes, ela me disse, tratavam muito bem as crianças, eles as punham para dormir, tiravam fotos delas, abraçavam-nas, davam-lhes chocolates e as faziam se beijar na boca como nós nos beijávamos. Eu me convenci de que não os ouvia chorar à noite, de que não os ouvia dizer que não e chamar pela mãe. Eu tinha inventado tudo isso, a coisa dos gritos, não podia ser de outra maneira. Os Crentes eram os mocinhos. Os Crentes eram os únicos homens bons que restavam no mundo.

ASSOBIO

Mamãe nunca tinha contado histórias de terror.

Contava muitas coisas: sobre as viagens à praia na enorme caminhonete da família, os amigos de todos os seus irmãos sempre em casa, revezando-se para sentar à mesa, comendo, falando e fedendo como piratas, os sacos e cestos estourando de laranjas, cebolas, tomates, camarões, limões, ovos, arroz, caranguejos, peixes, mangas, galinhas que meu avô trazia para alimentar a matilha faminta que era sua prole. Contava tudo, com muitos detalhes. Os sabores, cheiros, texturas de sua infância, o primeiro negócio que ela começou, quando era apenas uma adolescente, de vender a banana descartada, a que não era exportável, para as pessoas do bairro. Nunca deixava de falar sobre isso, talvez porque tenha sido seu primeiro e último trabalho remunerado, a primeira e última vez que o dinheiro chegava às suas mãos e saía delas. Depois teve notas nas mãos, mas eram diferentes, eram do pai dela. Aquelas que você ganha têm um peso diferente, farfalham mais, são puxadas com força da carteira e postas nos balcões bem abertas, esticadas, com um tapinha como o que é dado na cabeça de uma criança que se comportou bem.

Sei que ela fez uma mesinha de caixotes e a pintou de vermelho e que ali ela punha os cachos de banana amarrados com fitas coloridas — como o cabelo das meninas. Sei que às vezes trocava bananas por algo de que gostava mais: livros de poemas, discos, revistas da moda, rímel, uma caixa de música que guardou por toda a vida. Sei que ela adorava ser aquela garota empresária. Sei que com o dinheiro da venda comprava chocolates, perfumes. Sei que os irmãos roubavam o chocolate para comê-lo e o perfume para passar e deixar as namoradas com ciúmes. Sei que a mãe da mamãe batia nela, mas nos irmãos não batia. Sei que uma vez, na plantação, eles derrubaram algumas árvores e caiu, como uma fruta, um macaquinho órfão, e que o pai da mamãe o levou para casa e ele cresceu como se fosse uma das crianças, comendo, brincando e dormindo, até que se tornou adolescente e começou a se masturbar na frente das visitas. Eles o soltaram novamente no campo e, no dia seguinte, o encontraram morto numa rede da plantação, como uma pessoa pequena tirando uma soneca.

Sei que a mamãe conheceu o papai disfarçada de soldadinho com bota de cano alto e chapéu com pompons, pois naquele dia tinha desfilado na celebração da pátria. Sei que quando mamãe era pequena, a mãe da mamãe deixou no fogo uma panela gigantesca de leite sem vigilância e que mamãe estava brincando, explorando, e litros e litros de leite fervente caíram sobre ela e seu vestidinho grudou na pele, tornou-se uma coisa só, e que, sem saber o que fazer, a mãe da mamãe arrancou o vestido e com ele também a carne de seu peitinho infantil e que a dor era tanta, o desespero de ver o peito esfolado, que ela quis pular pela janela para uma vala que havia embaixo da casa e que, para impedi-la, sua mãe a abraçou pelo peito em carne viva: ela desmaiou de dor. Sei que a cicatriz, aquela pele de anciã numa mulher jovem, a envergonhou por toda a sua vida. Sei que a mãe da mamãe punha fogo nas tocas dos ratos e, em seguida, as tapava com pedras e que mamãe, à noite, tentava curar com mentol as feridas dos ratinhos chamuscados.

Mamãe contava tudo isso e muito mais coisas, muitas, mas nenhuma história de terror. Eu ficava obcecada porque sabia que existiam, tinham de existir. Papai sempre vivera na cidade e tinha lembranças que mais tarde vinham à minha mente, sem aviso, na hora de dormir. Uma era sobre seu amiguinho Jo, que morreu num acidente e certas noites, sobretudo nas de lua cheia, aparecia do outro lado da janela e o convidava para sair e brincar. A outra história era a da noite dos ruídos estranhos, como de algo com cascos em seu quarto quando ele estava lá embaixo. Subiu e encontrou a madeira do piso com manchas escuras, queimada, também arranhada e cheia de serragem.

Mamãe, que tinha passado muito tempo no campo, na casa da avó dela, devia ter histórias muito melhores. Ou iguais. Ou piores. Mas alguma ela devia ter. Como eu acreditava nas histórias do papai, tinha certeza de que o maligno existia, e, como existia, mamãe deve tê-lo conhecido.

Finalmente ela me contou sua história numa noite horrível, a noite da cadelinha.

Os vizinhos tinham deixado uma cachorrinha abandonada na varanda, sem comida ou água e, depois de alguns dias ouvindo-a chorar e deixando pão embebido em leite e vendo como ela o devorava, papai decidiu subir numa escada e tirá-la de lá. Foi uma loucura porque eles não me deixavam ter cachorros e, de repente, estava em nossa casa a cachorrinha mais linda do mundo, com sua cara de pelúcia e seus olhos como duas bolinhas de gude pretas. A cadela cabia inteira na mão de meu pai e lá ela adormecia depois de lamber seus dedos. Além da festa que eu fiz por ter um animal de estimação, havia outra mais bonita que era ver meu pai tão vivo, tão meu e de mamãe, e não da rua, de outras pessoas.

Naquela noite, fomos jantar na casa de meus avós e, claro, levei a cadelinha e, claro, amarrei um laço vermelho em seu pescoço. Coloquei uma tigela de água no chão e lá foi ela, abanando o rabinho, com aquele laço maior do que ela. Pouco depois a vimos caída de barriga para cima, a língua para fora, com estertores e vertendo uma espuma amarelada ao redor da boca. A mãe do papai punha veneno para ratos por toda a cozinha e a cachorrinha tinha comido. Acabou assim. Agonizou por alguns segundos e morreu diante de meus olhos, que minha mãe tentava em vão cobrir: o focinho contraído mostrando os dentes, o laço vermelho como uma hemorragia no chão, as patinhas rígidas. Tínhamos a salvado do sofrimento da varanda vazia para matá-la. Sim, minha família tinha feito aquilo. Eu tinha feito aquilo. Naquela noite, na cama, depois de me pedir para parar de chorar, pois assim eu a faria chorar também, mamãe começou a me contar.

Nunca vou saber por que ela escolheu aquele momento — um momento para falar comigo sobre cores e férias e sorvete com gotas de chocolate — para me contar sobre Aquele que assobia, mas assim o fez.

Começou falando sobre uma cadela que tinha, a Loba, uma cadela de raça indefinida, grande e sábia, um animal que conhecia os sentimentos humanos e os compartilhava. Era, mamãe disse, quase gente. A Loba tinha tido uma ninhada de oito cachorrinhos que eram lindas criaturas, mas que, e isso era a coisa mais terrível para mamãe, sua beleza não conseguiu salvar: eles morreram de alguma praga, um após o outro, semana após semana. Nenhum passou dos seis meses de vida. A Loba tinha ficado enlouquecida, procurava seus bichinhos por toda a casa, choramingava no lugar onde havia parido, farejava os cantos e punha seu focinho enorme na saia de minha mãe e ficava olhando para ela com enormes olhos cor de caramelo, como perguntando: onde estão?, como pedindo explicações. Mamãe, também muito triste, decidiu ir com sua cachorra para o campo, para a casa da avó, para atravessar o luto.

A casa da avó da mamãe era um sobrado, de uma madeira tão velha que já estava cinza, do tipo que você vê na estrada quando está indo de um lugar para outro. Mamãe se enchia de poesia ao descrevê-la, como a casa de uma avó de conto de fadas, mas eu sabia que era uma fantasia. Os lugares onde a pessoa foi feliz sempre são lembrados como belos. Era, na verdade, a típica casa em ruínas dos camponeses da área: opulenta em madeira podre, insetos e latão, sem banheiro, água ou eletricidade. É onde a avó da mamãe morava, já sozinha, porque o avô da mamãe tinha fugido com outra mulher quando mamãe era criança. Aí mamãe apareceu um dia com sua cadela órfã de filhotes e uma mala.

A avó da mamãe era uma mulher rechonchuda, alegre e amorosa que lhe permitia fazer de tudo. Mamãe levantava tarde, ia e voltava da praia trazendo conchas e flores silvestres de presente. Comia quando e quanto queria, montava a égua sem sela, usava calças curtas ou não usava nada, bebia cerveja, fumava cigarro mentolado e ficava até o amanhecer ouvindo as histórias hilárias de sua avó ou o romance da moda num rádio transistor.

A avó da mamãe trabalhava em seu pequeno pedaço de terra. Essa era sua fortuna, ela tinha galinhas, algumas ovelhas, a égua e uma vaca tão plácida, comilona e crédula quanto ela. Mamãe havia atribuído a si mesma certas tarefas: ia comprar o peixe que, de tão fresco, vinha sacudindo a cauda na tela pelo caminho, ordenhava a vaca e separava a nata do leite para sua avó bater e fazer manteiga clara, alimentava os animais, recolhia os ovos ainda quentes — como se fossem recém-fervidos — e contemplava a avó fazer com esses mesmos ovos um pão delicioso, muito fofo.

Era um mundo autossuficiente, um mundo sem medo, um mundo feliz. O que significa dizer exatamente que mamãe e sua avó eram autossuficientes, sem medo, felizes.

A história, a noite do envenenamento da cachorrinha, poderia, deveria ter terminado naquele momento. Mamãe, sua avó e a cadela vivendo um matriarcado feliz e descomplicado, sem espartilho, rompendo a madrugada escura como boca de lobo, sem eletricidade, sem vizinhos, com risos selvagens por alguma piada sobre peidos, sobre sexo ou sobre homens estúpidos.

Sim, a história tinha de acabar ali, mas mamãe prosseguiu.

Numa noite tempestuosa, daquelas que no campo chamam de pau d'água, talvez porque pareça que a chuva bate no mundo, a avó da mamãe a advertiu sobre Aquele que assobia. Fazia bastante tempo que ela estava tentando adverti-la, mas agora se tornara urgente: uma garota da aldeia vizinha, a sexta do ano naquela área, tinha desaparecido alguns dias antes — era uma menininha livre, como você, filhinha, disse a avó da mamãe — e as pessoas tinham certeza de que Aquele que assobia havia assobiado para todas as garotas desaparecidas.

Mamãe se abraçou muito à avó e pensou nas meninas desaparecidas, em si mesma desaparecida, ou seja, uma sombra negra, amordaçada pelas trevas, na noite negra, enquanto as pessoas que te amam acendem fósforos para tentar te encontrar até que se cansam de queimar os dedos com a chama inútil e param de procurar. A avó da mamãe ficou séria e implorou que, se ela ouvisse um assobio, não olhasse pela janela por nada no mundo, que às vezes as meninas olham porque estão curiosas, entediadas, sozinhas ou apaixonadas.

— Mesmo que você pense que sou eu, mesmo que soe exatamente como meu assobio, mesmo que, depois do assobio, você ouça minha voz te pedindo para abrir, dizendo que algo aconteceu comigo, que eu sofri um acidente. Não olhe para fora, minha filhinha linda, mesmo que você escute a voz do seu pai ou da sua mãe ou de alguém que você ama muito, do amor da sua vida, dos seus filhos. Mesmo se eles mandarem que você olhe, mesmo que a ameacem, mesmo que implorem, mesmo que chorem, mesmo que te prometam mundos e fundos, mesmo que digam seu nome uma e outra vez. Por favor, me prometa que se você escutar Aquele que assobia, você não vai aparecer.

— O que acontece se você olhar para fora? — perguntou mamãe.

— Coisas espantosas demais para contar a um menina, queridinha. Me prometa que você nunca vai olhar pela janela, jure.

— Vozinha, você já ouviu Aquele que assobia assobiar?

A avó não respondeu.

E minha mãe prometeu e, embora quisesse fazer mais perguntas, ela não perguntou nada, porque sua avó a avisou que falar muito sobre Aquele que assobia atrai Aquele que assobia. Mamãe ficou a noite toda assim, apavorada, ouvindo as batidas do coração tão amado de sua avó, que tampouco conseguiu dormir até que se fez dia.

Poucos meses depois, o pai da mamãe foi buscá-la, para dizer que ela precisava voltar para terminar a escola. Que depois ela faria o que quisesse. Mamãe chorou, sua avó chorou, mas o pai da mamãe lhe deu a única razão que mamãe não podia recusar.

— Filhinha, volte, você é a única que me ama naquela casa.

Mamãe adorava seu pai muito mais do que amava a si mesma. Entrou na caminhonete com sua cadela, magrinha como um galgo de tanto perseguir caranguejos e espuma do mar, e abandonou a casa de madeira feliz sem saber que era para sempre, que sua avó em poucos meses cairia morta no campo, no meio do milharal, e que o pai dela, por causa do desespero, da culpa e da tristeza, venderia a casa, o terreno e os animais.

A dor da morte de sua avó não deixou minha mãe louca porque ela estava apaixonada por um menino, e aquele menino era tudo com que mamãe sonhava. Fantasiava sem parar o dia em que ele a tiraria daquela casa, dos tapas de sua mãe, de seus irmãos que lhe roubavam tudo, que traziam seus amigos, os quais de repente haviam se transformado em homens que não tiravam os olhos dela. Mamãe chorou alto pela avó, dia e noite, mas o choro fazia seu rosto e os olhos incharem, e o menino disse que assim ela parecia bem feia e que gostava dela bem bonita. A dor foi deixada na barriga, inacabada como um feto morto.

Depois de um mês, mamãe já passeava sorridente no carro esporte de seu namorado. Uma noite, depois de dançarem músicas lentas no clube da cidade, o menino levou mamãe de volta à casa dela e pediu-lhe um beijo antes de ir embora. Mamãe disse que não, não porque fosse puritana, mas por causa do medo de que sua mãe a matasse a pauladas. O menino saiu entre cantadas de pneus e rugidos de motor.

Antes de partir, ele a chamou de mesquinha, cruel, desumana.

Naquela madrugada, mamãe ouviu um assobio embaixo da janela: o assobio de seu namorado. Queria se fazer de difícil, fazê-lo pagar por sua grosseria, mas o menino assobiava sem parar e mamãe ouviu uma serenata de violão e o menino cantando te amo, te adoro, minha vida. Ela se levantou, abriu as cortinas e se inclinou para gritar que ela também o amava, mas não havia ninguém lá.

Isso é o que mamãe disse e ficou em silêncio, pensando. Depois de um tempo, voltou a repetir que não havia ninguém.

— Eu olhei e não havia ninguém.

Ela se lembrou de sua avó e esperou, morrendo de medo, para ver se alguém a fazia desaparecer, se aconteciam coisas horríveis, algo. Mas nada fora do comum aconteceu: ela foi para a escola, sua mãe bateu nela por chegar tarde, sua amiga lhe ensinou a fazer delineado no olho, seu pai descobriu que haviam jogado todas as suas camisas e calças boas na rua e chorou em silêncio, seus irmãos lhe disseram que se descobrissem que ela tinha dormido com alguém iriam matá-la, ela fez um bolo de chocolate para vender numa quermesse.

Depois de alguns dias, mamãe conheceu o homem da cidade grande numa comemoração pátria, fantasiada de soldadinho, e sentiu, quando ele falou com ela — foi o que ela disse —, que era como se na boca ele tivesse um colibri vivo de todas as cores.

Mamãe deixou naquela mesma noite o namorado do carro esporte, e um ano depois ela e meu pai se casaram num casamento épico onde todos os camarões do mundo foram comidos, compraram eletrodomésticos, mudaram para outra cidade, nasceu uma menina, eles passaram férias na praia, transformaram a cabeça até que se tornaram irreconhecíveis para si mesmos, aprenderam os códigos ocultos no silêncio um do outro, chamaram-se com nomes inventados e com ruídos em código — papai três assobios agudos, mamãe uma nota cantarolada —, se amaram, se odiaram, se amaram novamente, se tornaram mais velhos e um dia salvaram do abandono uma cadelinha que morreu poucas horas depois, envenenada com veneno de ratos.

Papai deixou de amar mamãe quando eu tinha uns quinze anos. A bebida barata se percebia em seu hálito, apesar das balinhas de caramelo; apareciam espelhos de mão e batons cor de fúcsia no porta-luvas do carro, uma mulher ligou num fim de ano à meia-noite e ele disse que era uma amiga, mas papai não tinha amigos, muito menos amigas.

Mamãe sabia, é claro que ela sabia, mas nunca abriu a boca. A voz guardada na escuridão da garganta, como um refém de terroristas. Eles saíam para fazer compras, iam a eventos, ele falava e ela respondia, e mamãe, de novo, deixava apodrecer em sua barriga, como um filhinho torto, falho, o desejo de chorar e gritar. A casa inteira se encheu de algo tóxico, um aterro sanitário. O comportamento de meu pai consumia todo o oxigênio disponível e nós duas respirávamos ofegantes, coladas na parede, nos cantos, pequenas doses de algo mortal.

— Por que você não grita, mamãe? Por que você não o manda à merda? Por que você não envenena a comida dele? Por que não corta todas as roupas dele com a tesoura de jardineiro? Por que não pede o divórcio, mãe? Por que você não deixa de se confundir com o sofá, com as cortinas, com o papel de parede, como um camaleão estúpido, e não sai daí, de onde quer que esteja, e o obriga a te olhar na cara? Por que você não dá uma de louca, mãe?

Nunca fiz essas perguntas. Eles continuaram juntos.

Mamãe aguentou e aguentou, até mesmo cuidou de meu pai quando o câncer o devastou e ele não conseguia nem mesmo chegar ao banheiro, mas podia enviar uma mensagem de texto para a outra mulher e, quem sabe, talvez para outro filho, outra filha. Cuidou dele até quando a respiração de meu pai tornou-se um longo e lento assobio agudo que perfurava nossos ouvidos. Cuidou dele até seu último dia e chorou por ele no velório. Eu não quis formular as perguntas que fariam minha mãe se envergonhar de toda a sua vida, de dar o lado direito da cama e o melhor pedaço de peru — a carne branca em pequenos filés — ao seu carrasco, da confusão de seu amor-próprio, de sua condição de mulher miserável e prisioneira, de seu silêncio por medo de que meu pai a abandonasse, um silêncio brutal, como uma enorme mão de carrasco que cobre seu nariz e a boca enquanto assobia.

ESCOLHIDAS

Que os vossos mortos revivam! Que seus cadáveres ressuscitem!
Que despertem e cantem aqueles que jazem sepultos,
porque vosso orvalho é um orvalho de luz
e a terra restituirá o dia às sombras.
Isaías 26: 19-20

No caminho para Mar Bravo há um cemitério de pobres. Tornou-se um local de peregrinação para os escolhidos porque quatro dos seus foram enterrados lá. Entre túmulos com flores falsas desbotadas pelo sol, lápides quebradas nos cantos e ervas daninhas, as meninas de peles cintilantes choravam, com suas blusas brancas, suas minúsculas calças jeans, seus berloques e suas sandálias de tirinhas. Elas se abraçavam e acariciavam a cabeça umas das outras, como ninfas diante do cadáver de um cordeiro. A seu lado, sem chorar, mas com as mãos apertadas na altura da virilha, os machos dessa espécie: meninos com cabelos caindo sobre os olhos, com braços deliciosamente duros. Sardentos, sem pelos, silenciosos e severos como gênios ou como imbecis, bonitos de doer.

Entre carpinteiros, costureiras, pescadores e bebês desnutridos desde o ventre foram sepultados os quatro surfistas de Punta Carnero. Os pais tinham decidido que seus filhos deviam ficar naquele cemitério cinzento e não no dos ricos, com aquela grama verde-papagaio, as rosas frescas, vermelhas, e as sem-vergonhas trazidas num caminhão refrigerado, e as lápides de mármore com inscrições religiosas e sobrenomes muito longos. Queriam que os cadáveres dos afogados mais belos do mundo ficassem para sempre perto do mar. Eram quatro, herdariam a terra. Na noite anterior à morte, eles partiram setenta e sete corações na festa do Iate Clube ao beijarem e passarem a mão, por cima do vestido de verão, na bunda de suas flamejantes namoradinhas. Ao amanhecer, ainda bêbados, eles vestiram o neoprene preto e assim, disfarçados de caveiras, saíram para surfar nas ondas, convencidos de sua imortalidade de meninos deuses. O mar os cuspiu no sétimo dia, macios e esbranquiçados como recém-nascidos.

Nós quase sempre ficávamos bebendo lá fora do cemitério de Mar Bravo, pois o que mais podíamos fazer? As festas eram privadas, apenas para convidados. Rapazes lindos convidando meninas lindas, rapazes normais convidando meninas lindas, rapazes feios convidando meninas lindas. Portas parecidas com as do paraíso que eles abriam para outras que não éramos nós. Uma vez tentamos entrar e o porteiro disse que era uma festa para pessoas conhecidas e nós respondemos: conhecidas por quem? Mas o homem já estava levantando a ostensiva segurança, barras com cordões de veludo cor de sangue, para uma garota atlética, vistosa e sorridente como se fosse saída de um comercial de absorventes. Morríamos de vontade de saber o que acontecia atrás dessas portas, embora soubéssemos instintivamente que não haveria lugar para nós ali, que nossos defeitos se multiplicariam até nos tragar, que seríamos uma hipérbole de nós mesmas, espelhos ambulantes de feiras: a gordinha, a mulher-macho, a magrela, a atarracada, a pelancuda. Assim como as garotas bonitas juntas potencializam sua atratividade, sobrepondo com suas virtudes grupais qualquer defeito, e se embelezam umas às outras até que brilhem como uma única e grande estrela, garotas como nós, quando estamos juntas, se transformam num espetáculo quase obsceno, exacerbando nossos defeitos como num show de horrores: nós somos mais monstras.

Sabíamos, é claro que sabíamos, que nem mesmo os mais desesperados, nem os obesos, nem os nerds, nem os pretos se aproximariam. Meninas como nós só são abordadas por outras meninas como nós. Por que tentar? Éramos livres para ir a qualquer lugar e odiávamos isso: queríamos ter a falta de liberdade das belas, queríamos que os braços dos namorados nos fechassem como dobradiças, queríamos trepar no quartinho da piscina, com pressa e sem camisinha, que deixassem a marca de seus dedos grossos de jogar beisebol em nossa bunda cheia de celulite. Queríamos ser penetradas à força e gritar a cada estocada seus nomes belos de homens belos. Queríamos abrir as pernas para eles e puxar seus cabelos perfeitos no orgasmo, ficar com tufos de cabelo cor de areia entre os punhos cerrados. Queríamos fazer com o néctar de seus sexos doces coquetéis, poções de bruxaria. Queríamos fazer as garotas desaparecerem, cortar a cabeça delas com facões de fogo. Queríamos entrar, entre trovões e vozes e relâmpagos e terremotos, naquelas festas privadas montadas em éguas voadoras e fazer um mar de grilos e serpentes cair sobre aquelas lindas idiotas. Queríamos que as garotas bonitas se ajoelhassem diante de nós, amazonas muito poderosas, e que vissem com impotência seus homens montando extasiados e dóceis na garupa de nossos animais. Queríamos, queríamos, queríamos. Éramos puro querer.

E pura ira.

Chegaria o dia, sim, senhor, em que todos nos notariam e diriam a quem pudesse ouvir: amem-nas. Amem-nas, essa ordem percorrendo a terra. Este dia chegaria: o dia de enxugar todas e cada uma de nossas lágrimas.

Enquanto isso, tínhamos carro, tínhamos dinheiro, tínhamos a noite e não tínhamos nada.

Estacionamos fora do cemitério com muita bebida, muita erva, muitos comprimidos e muitos cigarros. Ao menos isto nós tínhamos: a possibilidade de ficar viciadas, de manchar nossos corpos com algo perverso, para nos sentirmos garotas más. Virgens, incrivelmente obscenas. Mórbidas, sozinhas. Como teria sido bom desejarmos umas às outras: desejar nossas línguas amigas, alcançar o êxtase com os dedos de umas e outras dentro de umas e outras, procurar o amor suculento de carne e flor entre nossas pernas. Que diferença entre ser amante e ser perdedora, pensar nas portas das festas privadas apenas para agradecer por não ter de estar lá dentro, entediadas, com a língua dura de algum imbecil empapando nosso ouvido ou deixando-nos marcas horríveis no pescoço. Seria bom ter se amado entre as meninas, mas nós somos o que somos, e o que somos é quase sempre brutal.

Estávamos no escuro, exceto pela luz do carro. Pela estrada de Mar Bravo passava muito pouca gente, talvez um casal a caminho de uma trepada no mirante, talvez algum suicida. A noite era propícia para rituais de sexo, morte e ressurreição. A lua jorrava vermelha sobre o mundo como uma jovem deflorada, e no rádio tocavam canções de homens apaixonados por mulheres que nunca seríamos nós. O cemitério sob aquela lua parecia prestes a explodir em ebulição. Cada uma enfiou um comprimido na língua da outra e fomos passando a garrafa até deixá-la bem abaixo da metade. De repente, pensamos nos afogados de Punta Carnero e naquela beleza que transcendia a vida e que certamente também transcendeu a morte. Pensávamos naqueles homens adorados, deliciosos meninos impossíveis em suas festas e em suas ondas, agora dormindo ao nosso lado. Saímos do carro e fomos em fila até o cemitério para dançar à luz da lua de sangue agitando nossos vestidos claros e nossos cabelos noturnos. Dançamos como se nunca tivéssemos dançado, como se sempre tivéssemos dançado, como se tivéssemos chegado à festa do fim do mundo e o porteiro, ao nos ver, tivesse levantado a grossa corda de veludo com imensa cerimônia. Dançamos como noivas na noite de núpcias e, assim, como num encontro sexual adiado até o delírio, começamos a arrancar as roupas umas das outras até ficar nuas diante do silêncio dos mortos. Dançamos arrastando os vestidos como se fossem serpentinas de flores e nos beijamos na boca e nos tocamos os mamilos eretos uivando de amor. Cantamos hinos de vingança ao som de ensurdecedoras trombetas imaginárias. Éramos anjos derramando justiça sobre nossos corpos e nossos desejos, abrindo-nos ao mesmo tempo que as flores noturnas, exalando como elas um cheiro de almíscar e mar. Procuramos nossos meninos entre os mortos e descobrimos que alguém havia chegado antes. Dos caixões entreabertos escapavam algumas mãos que brilhavam como metal à luz da lua. Conservavam suas roupas, ternos azuis ou pretos que certamente costumavam usar para levar aos bailes as lindas garotas vestidas em tom pastel. Tinham levado os sapatos, também os relógios, as correntes, os anéis e tudo o que se pode morder para descobrir se é valioso, mas haviam deixado o lenço no bolso do paletó, o lenço que secaria todas as nossas lágrimas.

    Nós os tiramos para dançar e eles disseram que sim e dançaram conosco, primeiro tímidos e distantes, depois cada vez mais de perto, com seus rostos frios em nossos pescoços quentes. Eles disseram, temos certeza de que eles disseram, que prefeririam estar ali do que em qualquer outro lugar, que prefeririam a nós do que as princesinhas de seus reinos. Depois da dança, sentamos nos túmulos, cada uma com seu garoto perfeito, que nos dizia as coisas com que sonhamos, rindo como tolos, pedindo um beijo com os olhos semicerrados. Veio o beijo e veio a loucura, o desejo chutando violentamente como ondas contra nossas costas. O amanhecer nos encontrou nuas sobre os sexos eretos de nossos amados, montadas sobre eles, cavalgando-os ferozmente como cavaleiros que se precipitam sobre o mundo para destruí-lo.

IRMÃZINHA

Conhecemos Mariela no primeiro dia da terceira série. Ela chegou como uma xerpa:* carregando aquela mochila imunda e cheia de balangandãs enquanto não tínhamos mais nada além de um caderno e um estojo com canetas recém-compradas e lindos lápis, apontadíssimos. Aquela garota branquela, magra e corcunda como um ponto de interrogação chamou a atenção de todas nós, com um uniforme que ficava pequeno no peito e umas meias tão minúsculas que parecia que ela não estava vestindo nada. Talvez não estivesse vestindo nada. Também não tinha colocado a anágua, que era obrigatória, e dava para ver sua calcinha rosa: as freiras iriam dar-lhe uma bronca já no primeiro dia, que horror, onde estava sua mãe quando você saiu de casa.

Se fosse no meio do ano, talvez Mariela não tivesse sobressaído tanto quanto um cocô no leite fervido, mas era o primeiro dia de aula, estávamos todas impecáveis, os cabelos arrumados, com todas as nossas coisas de estreia, farfalhantes de tão novas, e ela, para falar a verdade, não cheirava muito bem.

Nesse primeiro recreio, os destinos de todas seriam definidos, e Mariela ficou para sempre do lado das *outsiders*. Das *outsiders* das *outsiders*. A periferia da periferia.

Ela foi, plantou-se do lado da quadra de vôlei e esperou que as outras meninas viessem brincar com ela. Ninguém se aproximou. Ela ficou lá quicando a bola até o sinal. Parecia não se importar nem um pouco. Voltou para a aula como um cachorro que, ao não encontrar outros cachorros, fica muito feliz brincando com um pauzinho.

---

* Os xerpas são o povo que vive na região do Himalaia, sobretudo no Nepal, e geralmente servem de guias e carregadores de utensílios para os alpinistas. [N. T.]

No transporte para casa, minha prima a conheceu. Mariela parecia ser como uma menininha: desajeitada, entusiasmada, fácil. Usava o cabelo oleoso em tufos separados por vários elásticos coloridos, ria com a boca muito aberta mostrando uns dentes minúsculos com as pontas escuras e, quando estreitava os olhos — ela era míope, mas não usava óculos —, ficava com a aparência de um cachorrinho maltrapilho.

Minha prima nunca teve amigas, mas sectárias, e Mariela era perfeita para isso, pois tudo parecia indicar que ela era dona de uma apatia que beirava o comportamento zumbi. E tinha dinheiro no bolso. E piscina. E, acima de tudo, parecia não perceber que minha prima estava se aproveitando dela, que realmente não gostava dela.

A amizade entre as duas cresceu rápido e eu, que era um aparelho dentário que minha prima punha e tirava por conveniência, entrei nessa união por osmose. A maneira de compartilhar de minha prima era tudo menos desinteressada: eu nasci para ser sua sombra, sua capanga. É assim que a família inscrevera a fogo em minha pele e então, claro, era assim que ela me tratava.

Há pessoas que nascem para desenvolver o instinto maligno de seus parentes, seu desejo de dominação, sua perversidade.

Depois do jantar, como generais desequilibrados diante do mapa das zonas inimigas, os adultos nos encurralavam, atacavam-nos e arrasavam conosco. Eles decidiram que eu, morena, atarracada, pateta, gorducha, seria o território inimigo, a mácula no sangue, aquilo que saía das porcarias que algum ancestral fez com os escuros. Minha prima, por outro lado, era a raça limpa e superior, a imagem que eles queriam que as pessoas tivessem em mente ao dizer nosso sobrenome em voz alta.

Predestinação, como eles dizem.

A gargalhada idiota de Mariela servia para minha prima como risada de ventríloquo: não sou eu quem ri de você, priminha, é a Mariela.

Porém, era pior ficar em casa e ver meus pais terem pena de mim como perdedora, que minha mãe entrasse de vez em quando no meu quarto e sorrisse para mim com o sorriso mais nauseabundo — aquele que expressava: que merda que você é tão gorda, você me dá pena, tudo que você está perdendo, o bom da vida, o olhar ardente dos meninos, ser desejada, linda —, e que meu pai começasse com a ladainha clássica — você não cuida dela, olhe como ela está enorme, mande-a se exercitar, faça alguma coisa, é sua filha.

Quando éramos pequenas, minha prima e eu usávamos o mesmo número de roupa e comíamos as mesmas coisas. Nós amávamos leite condensado, raspadinha de limão, pão fresco, balas de goma, arroz com milho. Quando crescemos, continuei gostando de tudo isso, mas ela já não. Com a comida, também foi embora seu humor, sua graça, o que ela era antes dos espelhos. Eu acho que estar com fome o tempo todo faz com que você se torne implacável. As pessoas a parabenizavam por isso, minha avó quase desatava a bater palmas quando a via. Não devia ser tão ruim que a luz que nos dá a vida fosse apagada em troca de ser magra.

Eu rezava todas as noites para me apagar como ela, emagrecer como ela, reconverter-me como ela e, no dia seguinte, ao primeiro ronco de meu estômago, sabia que deus não tinha feito o milagre. Eu odiava o deus que me criou à sua imagem e semelhança: eu odiava a mim mesma.

Rapidamente, em questão de meses, deixamos de ser nós duas. Com a distância dos tamanhos — ela 8, 6, 4, e eu, 10, 12, 14 —, cresceu outra distância intransponível. Ela passou para o lado dos vencedores, e eu, por mais que esticasse meus dedos gordinhos, jamais iria tocá-la de novo.

Fiquei sozinha. Uma gorda sozinha.

A brecha entre nós duas, que minha avó cutucava com a unha em riste do indicador para torná-la mais profunda, tornou-se tão dolorosa, uma ferida viva: ela era magra e eu não, ela era linda e eu não, ela era popular e eu não, ela era amada e eu não.

— Que menina linda sua prima se tornou, não acha?

Para minha prima, o pior terror era a gordura, a dela. Às vezes comia muito pouco e às vezes comia muito, muito, muito e vomitava tudo. Desaparecia no banheiro por uma hora depois de cada refeição e eu a ouvia fazer aquele barulho horrível de quando você quer tirar algo de seu corpo que ele não quer expulsar. O exorcismo, ela dizia.

— Já volto, vou fazer um exorcismo.

Quando meus tios a forçavam a se sentar à mesa, era uma tortura. Alguém tinha lhe dito que era preciso mastigar cem vezes cada bocado para não engordar. Quando todos já estávamos com o prato vazio, ela mal estava indo para a terceira ou quarta garfada. Certo dia, percebi que ela enfiava dissimuladamente nos bolsos do uniforme aqueles pedacinhos mastigados.

Numa tarde insuportavelmente quente, eu estava deitada em sua cama assistindo televisão e ela, como sempre, pulando, fazendo aeróbica ou dançando, quando de repente eu a vi pegar a tesoura, que sempre estava por perto, pois minha prima recortava modelos e atrizes de revistas e as colava no espelho, nas janelas e nas paredes. Ela me disse que à noite os olhos das modelos ficavam vermelhos e gritavam com ela, com uma voz medonha, dizendo porca, porca, porca. Perguntei-lhe por que não as arrancava. Ela respondeu que era porque elas gritavam porca, porca, porca.

Ela pôs a tesoura contra a parte interna das coxas. Olhei para ela apavorada. Com as duas mãos, pegou um pedaço de sua carne e enfiou a tesoura no meio. Então me disse que nada a faria mais feliz do que cortar essa gordura. Começou a bater com os punhos cerrados nas pernas e no estômago e a chorar pedindo a Deus para emagrecer.

— Odeio vocês, odeio, odeio, odeio.

Eu disse a ela que a amava, que gostava de cada parte dela, que desde a infância ela era tudo para mim, a coisa mais linda, e ela respondeu que isto, o meu amor, não lhe servia para nada.

Quando Mariela entrou em nossa vida, minha prima já era uma adolescente magrela que a família considerava a perfeição de seus genes e pela qual todos os meninos eram apaixonados. Eu, por outro lado, era uma meleca que a acompanhava como algo fatal, um bobo da corte, uma nuvem escura e feia, mas necessária para ressaltar sua luz bem-aventurada. Ela era o sol de nosso sobrenome, a heráldica que importava.

Minha avó deixou isso claro para mim num dia em que lhe perguntei o que eles iam me dar de Natal.

— Enquanto você não emagrecer, nós vamos dar seus presentes para sua prima.

Não era totalmente verdade. Eu gostaria que tivesse sido. Para ela deram a Barbie Crystal com que eu sonhava e, para mim, a Barbie grávida. Ela disse em meu ouvido que eu tinha a mesma barriga que minha boneca. Eu contei à minha mãe e ela se matou de rir.

Há uma época em que você perde ou ganha.

Minha prima ganhou. Eles deixaram que eu me perdesse.

A casa de Mariela já não ficava nos bairros elegantes. Os ricos se movem como as cabras, todos juntos, e lá onde antes era essencial viver haviam restado aquelas mansões, brancas e solenes, ocupadas por institutos tecnológicos, igrejas evangélicas ou fantasmas. Nessa área o pântano lambe os pátios, e cobras, iguanas, ratos e insetos passeiam pelas ruas a qualquer hora, como proprietários.

A casa era enorme, enorme de verdade. Na sala de estar cabia todo o meu quarteirão. Havia uma sala de jantar igualmente gigantesca e uma escada de mármore que parecia se derramar do segundo andar ao chão. A sala tinha janelas imensas que davam para um terraço de onde se via o pátio, a piscina e, bem atrás, o pântano, o olho que nos vê a todos.

Ao contrário de todas as outras casas que conhecíamos, na de Mariela desde o primeiro minuto você sabia, sentia, que podia fazer o que tivesse vontade.

Havia algo ali com ares de abandono, ares de Mariela, dos esfarrapados. As plantas cresciam ou morriam sem ajuda de ninguém, ficavam amarelas se não chovesse, e verdes se chovesse. Em todos os lugares havia roupas sujas, meias e sapatos. Os móveis muito elegantes estavam arranhados e sujos, os sofás sem almofadas, descoloridos pelo sol selvagem desta terra, o sofá aberto no meio como se lhe tivessem feito uma autópsia.

Cada vez que íamos até lá, parecia haver menos quadros, menos vasos, menos espelhos, menos elegância: uma mudança ao contrário. Mariela dizia que essas coisas eram caras e que por elas sempre lhe davam um bom dinheiro. Não sabíamos se acreditávamos, mas a verdade é que a casa parecia uma mansão cujos donos, falidos, a abandonaram antes de ir para o exílio.

O silêncio era incrível. Escutava-se tudo distante, esponjoso, irreal. Às vezes também nos afastávamos uma da outra como as ilhas que éramos: três criaturas sozinhas que aprendiam a ser mulheres sem contar com a bondade de ninguém.

Estendidas ao redor da piscina, onde a grama se convertera em erva daninha, mergulhávamos até quase desaparecer e sonhávamos com meninos, discos, roupas, maquiagem, enquanto por dentro outros desejos e outros medos cresciam como algas, como fungos, como garras, como veias, como gases letais.

O amor, por exemplo, ser amada e amar, nos espreitava enquanto conversávamos sobre outra coisa, e a voz de garota se tornava a voz de uma mulher que mente.

Enquanto repetíamos as coreografias do último vídeo da moda, enquanto dançávamos copiando nossos artistas favoritos, a maré interna ia mudando, subindo, assustando os pássaros, horrorizando os anjinhos da guarda, deixando-nos doentes.

A idade da inocência é a idade da violência.

Numa dessas tardes, minha prima e eu estávamos reclamando de nossos pais, de sua cegueira tão voluntária, de suas agressões disfarçadas de preocupação, de sua forma violenta de virar as costas enquanto nós, adolescentes, esse outro tipo de recém-nascido, chorávamos e chorávamos de todas as maneiras possíveis por um pouco de consolo.

Mariela, que nunca falava de seus pais embora perguntássemos a ela o tempo todo, disse que eles teriam preferido que ela estivesse morta. Não respondemos nada. Nós três olhamos para o céu, enterradas no pântano, sozinhas e apodrecendo como cadáveres.

Garotas gordas se alimentam de decepções. Garotas famintas se alimentam de impotência. Garotas solitárias se alimentam de dor. Garotas sempre, sempre, sempre comem abismos.

— Você tem irmãos, Mariela?

— Não. Uma vez sonhei que tinha uma irmã mais nova, ela era linda, pequenininha, e meus pais eram loucos por ela. Não me davam mais atenção. No sonho, eu pensava que, se a afogasse na piscina, eles voltariam a me amar. Então acordei.

Ela deu de ombros e pulou na água.

A água era pura sujeira, leite esverdeado, um pântano. Eu fazia o que podia para que pudéssemos entrar nela sem medo. Com o apanhador de folhas tirava grilos, morcegos, baratas d'água, flores, galhos, às vezes uma iguana e até ratos afogados, mas do lodo do fundo, espesso como camurça, não havia como se livrar. Nós tentávamos nunca tocá-lo para que não se misturasse com a água. Às vezes eu mergulhava e com a ponta do pé roçava aquela superfície aveludada e isso me dava nojo, mas também prazer: a água imediatamente ficava turva e parecia que você estava flutuando em algo que não era água, talvez líquido amniótico, formol, sucos gástricos.

Os trópicos degradam tudo, corrompem tudo.

Eu não gostava muito da parte de tirar as roupas porque elas, Mariela e minha prima, eram magras e eu não era, e eu sabia que elas ficavam olhando para minhas banhas e minhas coxas de porco, comparando-as com as pernas muito longas de minha prima e a barriga lisa de Mariela, mas depois não havia ninguém que me tirasse da água: ali eu era uma sereia e não me importava que minha prima me considerasse seu animal de estimação ou que Ricardo, o menino de quem eu gostava, estivesse secretamente apaixonado por ela e não por mim.

Às vezes, elas se enrolavam em toalhas e se enfiavam de novo em casa e eu ficava sozinha na piscina, fazendo piruetas, dançando, sonhando que era leve também na vida real. Às vezes escurecia e eu ainda estava submersa, acariciada pelas algas, no escuro, naquele água cada vez mais negra e mais parecida com o mar. Às vezes, sentia algo como uma mão agarrar meu tornozelo e pensava me leve com você, coisa da água, me leve para onde quer que você viva.

Um dia, quando os meninos estavam lá, minha prima sugeriu jogar verdade ou mentira. Ela sabia que meu sentimento por Ricardo me tirava o fôlego, que eu escrevia poemas para ele nos cadernos de todas as matérias e que lhe dedicava canções de amor no rádio sem dizer meu nome.

As paixões das gordas são motivo de piada, como quando um cachorro muito pequeno tenta montar um enorme, como quando um macaco ama.

Várias vezes, quando era a vez de minha prima, a garrafa caiu em Ricardo, e todas aquelas vezes ela perguntou a mesma coisa:

— Você gosta da minha prima?
— Por quê?
— Por quê?
— Por quê?

Primeiro ele respondeu que não, depois disse porque não, depois disse porque ele simplesmente não gostava, depois disse que gostava de outra, depois porque ele queria dar uns amassos naquela outra, depois, já farto, porque eu era muito gorda e ele não gostava de gordas e porque ninguém tirava minha comida e, no fim, porque ele gostava dela e estava apaixonado por ela.

Existem momentos na vida em que tudo é compreendido num nível mais profundo do que a própria capacidade de compreensão. Os ossos compreendem, a gordura compreende, o hambúrguer meio digerido compreende, o pâncreas compreende, a bile compreende, as mucosas, as membranas, os pelos, as unhas, cada gota de sangue compreende. Eu compreendi que existem coisas sobre os sentimentos que são como infecções: capazes de fazer com que você gangrene em segundos, com uma boca grotesca que te devora, um banho de mercúrio por dentro, uma bala de canhão. Se eu tivesse morrido, iria embora sabendo que a existência é puro horror e que estar viva é puro horror.

E que, uma vez que você saiba, não pode mais deixar de saber.

Na noite em que minha prima e Ricardo se tornaram namorados, sonhei que a vi flutuando de bruços na piscina de Mariela. Não me assustei.

Numa sexta-feira, ficamos lá para dormir e acabou a luz. A casa era ideal para apagões porque estava quase vazia e as palmeiras faziam sombras incríveis, como gigantes com cocares nas paredes nuas. Além disso, as velas podiam ser acesas em qualquer lugar sem que houvesse uma mãe reclamando que a cera manchava a madeira ou estragava a toalha de mesa.

Naquela noite, minha prima nos contou sobre os beijos de Ricardo, a língua de Ricardo, as mãos de Ricardo, e eu me lembrei do sonho. Foi a primeira vez, das muitas que vieram nos anos seguintes, que pensei em me matar. Foi a primeira, também, que pensei em matar.

Quão fácil uma vela consome tudo o que toca com sua pequena língua faminta. Como os tecidos queimam rápido, os plásticos, os sapatos escolares bicolores, os cabelos claros e longos como os de minha prima.

O fogo come carne e não a regurgita.

Minha prima disse que estava entediada e propôs jogar Ouija. Pela primeira vez desde que a conhecemos, Mariela disse que não. O olhar de minha prima parece que ia retorcer seu braço.

— Por que não, Mariela?
— Porque não.

Minha prima, claro, deu tão pouca atenção a Mariela como daria a uma mosca de fruta, e puxou um papel e começou a desenhar o sol, a lua, o alfabeto, um sim, um não, um olá e um adeus.

Mariela levantou-se e a ouvimos da sala. Parecia chorar ou gemer ou rezar ou invocar. Era um som diferente do que se esperava dela, de sua constante risada de bobalhona, de sua maneira de cantar desafinada e estridente, de seus gritinhos quando alguém a atirava na água. Fiquei surpresa que Mariela fosse capaz de chorar ou fazer o que estava fazendo, quer dizer, qualquer coisa que não fosse rir.

Minha prima nunca iria se levantar para confortar alguém a quem ela considerava inferior, então continuou a desenhar o tabuleiro Ouija enquanto eu, encostada na parede, pensava na morte, na minha, na de minha prima, na da casa e da cidade.

Mariela voltou. De longe já se notava a mudança: seu andar era pesado, como o dos monstros dos filmes em preto e branco. Estava calada e olhava para o chão, e em seu rosto havia uma expressão nova, de velha, de viúva, de drogada.

A princípio pensei que Mariela, assim como eu, tinha entendido que seu lugar no mundo era uma espelunca, que pessoas como minha prima nos emprestavam com a condição de que ríssemos de todas as suas graças. Pensei que aquela forma de andar, a lentidão, a opressão, decorria da compreensão de que, daquele espaço desprovido de qualquer dignidade, não é possível dizer não. Embora nos assuste, embora nos afunde, embora inflame nossos órgãos de vergonha, embora nos faça odiar a nós mesmas: a segunda garota deve servir a cabeça numa bandeja para que a bela cutuque seus olhos, narinas, boca e finalmente diga: que nojo.

Mas Mariela olhava diferente, de cima. Aquela nova Mariela, de olhos perversos e um sorriso com dentinhos pretos, parecia ter se decidido a brincar com minha prima, que insistia na Ouija como se não soubesse o que acontece quando as adolescentes feridas fazem um tabuleiro Ouija.

Sentamo-nos rodeadas de velas. Minha prima estava vibrando de triunfo e superioridade; além de bela, sentia-se temerária. Ela olhava para nós com uma das narinas levantada: pobre tola e pobre obesa, sou melhor do que vocês duas.

Ela começou a mover um copo de cabeça para baixo no papel, conclamando atores e cantores mortos, mas nada aconteceu. Minutos e minutos, nada aconteceu.

De repente, ouviu-se uma rajada de vento que soava como um cachorro. As velas se apagaram e ficamos na escuridão. Minha prima gritou. O copo havia se movido sozinho.

— Tem alguém aí?

Nós três ouvimos. O copo deslizou com violência no papel. Acendi as velas novamente e minha prima estava chorando. Pálida e desconcertada, estendeu a mão para rasgar o papel. Eu disse a ela que não, que o espírito tinha de ser mandado embora, e que, se não o fizéssemos, ele ficaria na casa de Mariela para sempre.

Minha prima olhava desesperada para a piscina, como se esperasse que algo morto viesse em sua direção de braços estendidos, sem olhos, com água escura pingando nos pés.

Com os dedos no copo, começamos a perguntar coisas para o espírito. Seu nome. Sua idade. Como morreu. O copo se movia para todos os lados, frenético. Saía do papel e voltava.

Mariela falou pela primeira vez desde que começamos com a Ouija.

— Ela não sabe escrever.

O copo voava sobre o papel, não importava o que perguntássemos. Minha prima tremia e chorava. Alguém tinha puxado o cabelo dela. Alguém, algo, havia mordido sua bochecha. Primeiro ouvimos muito longe, e depois quase em nossos ouvidos, uma risadinha infantil. Todas as portas, mesmo as de correr, se fecharam com um estrondo. Uma bola cor-de-rosa desceu aos pulinhos pela escada de mármore. O copo saiu voando e se chocou contra uma parede. As palmeiras começaram a se mover como enormes bruxas grávidas dançando na noite.

Mariela se levantou e atingiu o rosto de minha prima com um tapa que soou no escuro como um trovão.

— Sua idiota, você a acordou.

A voz de Mariela soava bestial, como um rugido de algo maligno, como quando cai uma tempestade. Minha prima perguntou num sussurro quem ela havia acordado. Apesar do terror, uma parte de mim gostou daquela voz roedora, de submissão absoluta, que ouvi sair da boquinha rosada de minha prima.

— Marielita, quem?

A luz voltou como um susto. A casa parecia fazer um barulho de surpresa e os aparelhos começaram a respirar aos trancos. Mariela se levantou. Vamos, ela disse, venham comigo.

Não queríamos subir, mas também não queríamos ficar sozinhas lá embaixo. Seguimos Mariela pelas escadas e por um corredor muito longo, atapetado com figuras geométricas, que terminava numa porta que tinha o nome de *Lucia* em letras cor-de-rosa decoradas com bichinhos. Minha prima, de novo com voz de rato, perguntou.

— Marielita, quem é Lucia?

— Você já vai saber.

Ela abriu a porta e a primeira coisa que notamos foi um frio de congelador. Em seguida, a penumbra mal quebrada por um abajur infantil que, ao girar, projetava elefantinhos, leõezinhos e macaquinhos no teto e nas paredes. De um dispositivo, saía uma música infantil. No centro havia um berço coberto por renda amarelada e, de um lado, uma cama em que dormiam duas pessoas muito enroladas em cobertores.

O cheiro era esquisito. Mesmo que estivesse gelado lá dentro, um cheiro de putrefação, gasoso e doce, chegava lento até nosso nariz e, uma vez lá, tomava conta de tudo, subia até o cérebro, paralisava. Minha prima começou a chorar e Mariela deu outro tapa nela.

— Meus pais não gostam de choro, é por isso que eu não choro.

Eu fiquei na porta enquanto Mariela pegava a mão de minha prima e a levava até a beira do berço. Ela quer te ver, disse ela. Quer que você a pegue no colo. Ela escolheu você.

Minha prima se abaixou e removeu vários cobertores como se fossem mortalhas.

Então deu um grito bestial. Com a boca escancarada, os olhos esbugalhados, desumanamente abertos, ela tentou sair correndo, mas Mariela agarrou seu braço. Minha prima continuou gritando e gritando até que Mariela bateu nela com tanta força que o sangue começou a sair de seu nariz.

O casal que dormia na cama sentou-se; primeiro a mulher, depois o homem. A mulher perguntou o que estava acontecendo. Mariela disse que a irmãzinha estava com fome, com muita fome, mas que ela já ia alimentá-la. O abajur continuava girando, refletindo animaizinhos selvagens no rosto horrorizado de minha prima, na boca aberta de forma grotesca, no pavor de seus olhos.

— Eu cuido disso, mãezinha, não se preocupe.

SANGUESSUGAS

A mãe de Julito cuidava dele como se o menino não fosse uma criança, mas um deus. As outras mães nos viam chorar, com os joelhos esfolados, e nos mandavam lavar a ferida com sabonete e nos davam cascudos porque a gente brigava, meninos de merda, mas a mãe de Julito se levantava desesperada, filhote, filhinho lindo, e enfaixava o arranhão como se fosse uma amputação, dava-lhe um biscoito, beijava seu machucado e cantava para ele brilha, brilha estrelinha. As mulheres diziam, ai, María Teresa, não foi nada, esses meninos são de borracha. Ela respondia que seu Julito não era de borracha, que era feito de chocolate, açúcar, mel e asas de anjo.

Elas riam com aquela risada especial que surgia depois de terem tomado várias garrafas do vinho delicioso que a mãe de Julito lhes dava.

Como minha mãe era a única que dirigia, no final da tarde levava as outras mães para casa e, no caminho, iam comentando sobre a mãe de Julito.

— Que horror, como ela está estragando aquele garoto.

— Ah, mas também dá para entender, ela é uma mãe velha. Eu achava que María Teresa ia ficar sozinha até que apareceu com essa gravidez. Deus me perdoe, mas se eu soubesse que a criança vinha desse jeito, fazia um aborto.

— Eu não, é um filho que deus te manda.

— Como deus vai enviar isso para você? Quem mandou foi o outro.

— Que besta que você é.

— Ah, mas ela trata o filho como um bibelô. Deve gastar uma fortuna em roupas, nunca vejo o monstrinho usando um modelo repetido. Onde será que ela consegue o dinheiro, hein?

Só oferece o que existe de melhor, bom vinho, bons queijos, presunto.

— Das vendas. Ela vende tudo. Para nós, ela dá de presente porque quer que o filho seja bem tratado.

— Ei, e ela nunca disse de quem era, disse?

— Nunca, é por isso que as pessoas inventam coisas que não são de deus.

— Bom, por isso e porque María Teresa está cada dia mais bruxa e o garotinho, mais estranho.

— Você viu aquela porcaria que ele tem lá no quintal?

— Não consigo, tenho vontade de vomitar.

Enquanto as mulheres se divertiam jogando cartas, nós inventávamos jogos dos quais Julito pudesse participar. Não era fácil, o menino não entendia nada, destruía as peças, infringia as regras e depois dizia à mãe que não estávamos brincando com ele.

— Brinquem com Julito, droga.

As mães gritavam conosco sem tirar os olhos das cartas e, quando reclamávamos que Julito não respeitava as instruções, nos silenciavam levantando a mão que segurava o cigarro.

A única coisa divertida em relação a Julito era vê-lo com suas sanguessugas.

Havia uma piscininha no quintal e ali se criavam umas sanguessugas pretas rechonchudas que eram os animais de estimação de Julito. Nossas mães nos proibiram de entrar naquela água, não importava o calor que fizesse, mas Julito se despia e mergulhava para que as sanguessugas se agarrassem ao seu corpo. Nada o deixava mais feliz. Ria e batia palmas, e sua saliva deslizava pelo queixo como se fosse um bicho transparente.

Sua tranquilidade com as sanguessugas era a única coisa em que ele era uma criança melhor.

Depois de um tempo na água, Julito se levantava e nos mostrava todo o seu corpo branquelo coberto de sanguessugas pretas. Era sua fantasia de super-herói. Talvez porque essa fosse a única coisa que ele fazia e nós não, Julito usava isso para nos assustar. Tirava uma daquelas porcarias do mamilo ou da coxa ou da virilha e jogava em nossa direção. Adorava nos ver correndo apavorados, enojados, espantando sanguessugas imaginárias de nosso corpo, enquanto ele ficava parado de braços abertos ao sol e dava gargalhadas, como um deus do mundo inferior.

Lá onde a sanguessuga estivera sugando, saía um fio de sangue que manchava em câmera lenta sua barriga, suas pernas tortas, seus pés de monstro.

Uma vez ele jogou uma sanguessuga em minha bochecha e eu senti sua boca de agulhinha grudar no mesmo instante em minha pele. Eu a arranquei enlouquecido de terror e nojo e, sem pensar muito, pisei nela com todas as minhas forças: um jato de sangue escuro manchou toda a sola de meu sapato. Julito ficou uma fera. Ele se jogou contra mim, totalmente nu, cheio de sanguessugas, para me bater.

Com aquela boca disforme, aquela língua gigantesca, aqueles dentinhos fininhos e pretos, ele se aproximava de mim e gritava os únicos insultos que conhecia. Jamais consegui esquecer sua voz ofegante, gutural, rouca.

— Fi-lho do di-a-bo. Des-gra-ça-do. Fi-lho do di-a-bo. Des-gra-ça-do.

Ele me bateu com tanta força que tropecei e caí na piscininha. Na mesma hora, as sanguessugas começaram a desprender-se das paredes para procurar minha pele. Os demais me apontavam o dedo e riam de mim como riam de Julito. De repente, ele era eu e eu era ele. Como pude, levantei-me e lancei-me contra Julito feito um animal cego, raivoso, mau.

Não queria mais nada: só queria matá-lo.

Julito nos dava nojo, Julito era um chato, Julito era estúpido e feio, Julito deixava seu sangue ser sugado por aqueles bichos repugnantes, Julito era feito de açúcar e mel para sua mãe.

Eu não.

As mães vieram e nos separaram. A minha me agarrou pelos cabelos e gritou comigo. Tinha bebido, estava bem mais violenta do que das outras vezes. Ela me bateu na frente de todos e me falou que eu era um monstro, não sei mais o que fazer com você, seu monstro de merda. A mãe de Julito, por outro lado, o cobriu com uma toalha, acariciou seus pelinhos de milho e deu beijos em sua cabeça enorme, cheia de veias.

No carro, cocei o pescoço e descobri que havia uma sanguessuga presa em minha nuca. Com um nojo que percorria meus ossos, joguei-a pela janela e imaginei que Julito, para salvá-la, se atirava nas rodas dos carros e morria esmagado, e seu sangue fedorento ficava espalhado no cimento por muito tempo, por toda a eternidade, e as pessoas, sempre que passavam, diziam aos filhos: aqui morreu a criança mais feia do mundo.

Eu sorri.

Minha mãe me pediu explicações sobre a briga e eu disse a verdade: que Julito havia atirado uma sanguessuga em mim.

— Olhe, aquele menino é como um filme de terror, mas você tem que tratá-lo bem, está me ouvindo? Você tem que tratá-lo bem pela sua mamãe. Prometa-me. Se você brigar com ele, María Teresa vai ficar ressentida comigo e então sua mãe não terá aonde ir para jogar suas cartas e ficará o tempo todo trancada em casa. Você sabe que eu não fico feliz quando estou em casa, certo? Você sabe que eu fico com muita raiva se eu passar o dia todo trancada em casa, certo?

Da vez seguinte que fui ao Julito, não houve dúvidas sobre o que brincar.

Quem propôs o esconde-esconde fui eu.

Julito tinha apenas dois esconderijos: atrás da porta do banheiro de visitas e dentro de um freezer quebrado que havia no porão. Ninguém se preocupava em procurá-lo. Ele ficava horas escondido, às vezes nos esquecíamos dele e quando nos despedíamos a mãe perguntava pelo filho e fingíamos que havíamos acabado de começar a brincar.

— Te encontrei, Julito.

Ele gritava e batia palmas de felicidade e queria nos dar beijos com a boca sempre babada.

Naquele dia, ele se enfiou no freezer. Olhamos um para o outro. Eu pus um dedo sobre os lábios. Não se preocupe, não vou contar a ninguém, Julito.

Eu o deixei lá. De vez em quando, gritávamos Julito onde você está, cadê você Julito. Escutava-se sua risadinha nervosa dentro do freezer.

Então esquecemos completamente dele.

Foi uma tarde incrível, muito longa. Jogamos futebol, pingue-pongue, Banco Imobiliário, corrida, videogame. Comemos biscoitos e tomamos Coca-Cola. Julito tinha todos os brinquedos do mundo e não aproveitava nada. Tudo estava mordiscado, babado, pegajoso e meio quebrado por suas mãos monstruosas. Fingimos que eram nossos e por uma tarde fomos crianças afortunadas, queridas.

Na hora de ir embora, a mãe de Julito nos perguntou por ele. Dissemos que estávamos brincando de esconde-esconde e ela sorriu.

Vamos todos procurá-lo, disse ela, e beijou nossas mãos e agradeceu por sermos tão bons com seu filhinho. Percorremos a casa inteira, como uma procissão, chamando Julito. Sua mãe gritava que os amigos estavam indo embora, que o jogo havia acabado e que ele era o vencedor, que ela tinha feito seus biscoitos favoritos. Julito não aparecia. Ela procurou por toda a casa, o rosto cada vez mais pálido, a voz mais trêmula, o corpo rígido como se estivessem lhe apontando uma arma de fogo.

— Julito, minha vida, agora saia, você ganhou, venha que a gente vai te dar um prêmio.

As mães se espalharam por toda parte, abriram armários, verificaram debaixo das camas, no cesto de roupa suja, alguém foi até a piscininha de sanguessugas para ver se o encontrava chapinhando, mas ali só estavam elas, coladas na parede, esperando por criaturas vivas.

Quando estávamos procurando atrás das cortinas do quarto de Julito, minha mãe agarrou meu braço com tanta força que as unhas dela me fizeram sangrar. Ela me disse que eu sabia onde Julito estava escondido e que tinha de contar agora mesmo para a mãe dele. Eu neguei com a cabeça.

— Você sabe sim, seu puto de merda, eu sei que você sabe.

— Eu não sei, realmente não sei.

— Quando chegarmos em casa, vou falar para o seu pai te bater com o cinto.

Cocei a cabeça no lugar em que ele tinha me batido com a fivela da última vez. Contei-lhe os dois esconderijos de Julito. Quando mencionei o freezer, ela ficou pálida e arregalou os olhos mais do que eu pensei que os olhos pudessem se abrir. Disse três palavras.

— Você o matou.

Naquele momento, ouvimos um grito que soou como se a terra se abrisse, como a sirene de uma ambulância, como uma explosão, como um trovão acima de nossa cabeça. Não sei se imaginei, mas toda a casa estremeceu, os lustres balançaram e as vidraças rangeram. Foi um grito como se todos os animais estivessem uivando ao mesmo tempo, feito o mar furioso. Um grito como um eclipse total.

INVASÕES

O bairro no qual minha família começou a ser uma família nem sempre foi o que é agora. Nem nós.

Houve um tempo em que nós, crianças, invadíamos as casas meio construídas, de cor cinza-escuro, com o madeiramento ao ar livre e as escadas sem corrimão. Escalávamos as montanhas de pedra e areia de construção que se acumulavam em cada canto e fingíamos ser astronautas num novo planeta, até que nos chamavam para comer.

Era um início de tudo, de nossa vida e da cidade, talvez do mundo inteiro.

Lá, muito de vez em quando, alguém passava perguntando onde ficava a casa número tal e tal. Era impossível dizer com certeza, pois as ruas não tinham nome ou sinalização e as únicas coordenadas eram as que vinham na escritura. Meus pais sabiam que sua casa era número 66 e a de nossos vizinhos, de um lado e do outro, 65 e 67. Ponto final. O que foi construído era um labirinto e o resto, o que nos rodeava, o que ficava embaixo, era o pântano.

Naquela nova cidade, todos os habitantes eram pessoas de classe média, entre vinte e trinta anos, uma criança ou duas: pagavam em parcelas, eram funcionários de uma grande empresa, apreciadores de roupas chinesas, sonhavam com a Disneylândia.

Certo dia, meu pai nos levou em seu carro vermelho reluzente para ver a casa em construção e, embora o cheiro de salitre e decomposição do pântano dominasse tudo, para ele logo seríamos nós que dominaríamos o pântano. Não se preocupem, ele dizia. Esse é o cheiro do pântano moribundo, dizia. A cidade tinha de crescer, dizia. Eu não imaginava como poderíamos ser mais fortes do que o pântano, uma besta viva de dezenas de tentáculos abraçando a cidade de norte a sul, uma massa de rio bárbaro onde pessoas bêbadas se afogavam ou se jogava os cadáveres dos trabalhadores assassinados por causar problemas.

Mas meu pai insistia. Tinha certeza de que um monstro de carnes era superior a um monstro de água.

Acabamos nos mudando. Na primeira noite, um rato enorme subiu pelo vaso sanitário e papai, com uma vassoura na mão, nos mandou para a cama dizendo que era o ratinho dos dentes,* pois ouvira que havia novas crianças e ele queria conhecê-los. A partir de então, toda vez que nosso dente caía, nós o escondíamos de nossos pais o máximo que conseguíamos: não queríamos que aquela coisa preta, molhada, que vivia nos esgotos, estivesse sob nosso travesseiro.

Todos os dias apareciam nas calçadas iguanas zonzas, mutiladas, tentando engolir o lixo como uma velha desdentada. Quando os sapos tentavam atravessar a rua, os carros os estouravam repetidas vezes, até que não restasse mais do que uma lâmina de sapo, sua pequena silhueta.

Certa vez, vimos um grupo de caranguejos vindo do pântano. Descendo a rua íngreme como um esquadrão de pequenos tanques vermelhos que tentava assustar o inimigo com pinças de brinquedo e olhinhos duros, móveis, perturbadores. Passou um caminhão com material de construção e os esmagou com um único grande rangido. Uma pinça vermelha continuou cortando fatias de ar, embora o caranguejinho estivesse em pedaços contra o asfalto.

As garças chegavam ao concreto fresco pensando que era lama, que haveria pequenos vermes e larvas, e ficavam presas

---

* Em vários países de língua espanhola, é o rato dos dentes (conhecido em muitas culturas como Ratinho Pérez) quem vem buscar os dentes de leite embaixo do travesseiro das crianças, como a fada dos dentes no Brasil. [N. T.]

ali, para o deleite dos cães e gatos que mastigavam aqueles ossos e cuspiam suas penas, brancas como algodão. Era quase insuportável vê-las andando na ponta das patas no lixo que se acumulava nas esquinas. Meninas com o tutu imundo, preciosas demais para viver no meio da merda.

Uma das primeiras coisas que meu pai instalou na casa foi a lâmpada exterminadora. A noite toda, a cada poucos segundos, escutava-se o barulho da eletricidade e sabíamos que uma mosca, um mosquito, uma mariposa, uma aleluia ou uma barata voadora havia se transformado em cadáver. Eu não distinguia, a lâmpada não distinguia, matava igualmente libélulas e mosquitos, joaninhas e vaga-lumes que talvez, tontos pela luz, acreditassem que aquela era sua mãe. Também se chamuscou lá o periquito australiano que meus pais nos compraram de presente pelas boas notas. Nós lhe demos o nome de Lorenzo e ele era azul-turquesa e amarelo. Meu irmão chamava a lâmpada de cadeira elétrica, e da cadeira elétrica às vezes, quando o inseto era muito grande, saía um cheiro horrível de pelo e carne queimada. Alguém nos disse que os insetos não se suicidavam, mas pensavam que a lâmpada era a lua e davam voltas em torno dela para se orientar, e se queimavam.

A noite inteira escutávamos a canção de morte dos insetos. Às vezes, quando eu pensava que todo mundo estava dormindo, saía de dentro do mosquiteiro de minha cama e desligava a lâmpada. Depois de um tempo papai sentia falta do som, acendia a lâmpada e, de novo, os animais eletrocutados começavam a chiar.

No início havia muitos grilos, milhões deles. Enegreciam as paredes, o teto, o chão. A noite inteira sua castanhola insuportável soava no quintal, entre as roupas, no banheiro, no toalheiro ou dentro de algum sapato.

A cadeira elétrica que chamuscava os insetos e o canto dos grilos não eram os únicos sons horríveis. Em todo o forro havia famílias inteiras de morcegos que de noite eram os verdadeiros donos da casa. Guinchos, bater de asas, arranhões e um barulho parecido com sucção nos acompanhavam toda a madrugada. Do cocô dos morcegos, além disso, saíam alguns vermes que se infiltravam pelos buracos dos lustres e caíam um atrás do outro nas camas, nas escrivaninhas, nos tapetes coloridos, na casa de bonecas.

Quando já estava insuportável, quando amanhecíamos cheios de vermes de cocô de morcego e o cheiro que vinha do teto era enjoativo, papai ligava para o controle de pragas, que fumigava os tetos com veneno. Eu imaginava os morcegos surpreendidos durante o sono por aquele ar assassino. Eu os imaginava abraçadinhos a si mesmos caindo como flores negras mortas. Depois de uns dias, o exterminador coletava montes de cadáveres de morcegos em sacos de lixo pretos.

A infância foi medo, veneno, pragas. Eles e nós.

Às seis horas da tarde, passava um caminhão fumigador banhando as ruas, as fachadas das casas e quem quer que estivesse no parque com uma coisa que cheirava a goiaba, vinagre e amoníaco. Diziam pelo alto-falante que era preciso abrir as janelas e deixar a fumaça entrar, mas minha mãe as fechava porque, quando aquilo entrava em seu corpo, você começava a tossir e chorar e seus olhos ficavam vermelhos.

Eles foram chegando muito devagar: uma família de cada vez, à noite, em silêncio. As casas eram feitas de papelão, alumínio e pedaços de madeira velha. Aqueles que podiam pintavam-nas, e quem não podia as deixava assim: propaganda de candidatos presidenciais, caixas de eletrodomésticos ou bicicletas, panos de sacas de arroz, colchas de tigre. Faziam comida em pequenas fogueiras fora de suas casas e as crianças, algumas carregando bebês, corriam para todo lado, em manada, rindo. Eram seguidas por um cachorro, sempre um cachorro.

Ninguém nos disse, mas quando ficávamos cara a cara, eles e nós, um alerta era acionado. Talvez fosse o fato de que nossos animais estavam usando coleiras, e os deles não. Talvez fossem os pés, os sapatos. Talvez o olhar, os olhares.

Na hora das pipas, porém, o grito era um só. Pelos céus cinzentos da cidade cinza, outras coisas voavam além de morcegos, moscas, grilos, mosquitos, e o dia se preenchia com brisa, aplausos, amor por aquele pedaço de papel colorido ao vento.

Eles e nós olhávamos para o mesmo céu.

Uma tarde, uma daquelas crianças cismou de querer a pipa de meu irmão, a da borboleta monarca. Embora fosse menor, tinha muito mais força ou, quem sabe, muito mais vontade de empiná-la. Uma mulher veio correndo, arrancou-lhe a pipa, deu-lhe um tapa e tentou devolvê-la a nós, mas o estrago já estava feito. Meu irmão atravessou a rua chorando e entrou como um louco em nossa casa gritando que roubaram a pipa, a pipa da borboleta monarca, sua pipa.

Meu pai saiu de casa como saem as bestas: para matar. Começou a gritar para quem estivesse passando que aquelas pessoas tinham de ir embora, que eram ladrões, que as invasões haviam ido longe demais e aqueles desgraçados estavam zombando de nós. Os vizinhos o cercaram, aplaudiram-no, incitaram-no.

— Você é o único que pode nos ajudar.

Papai ficou encantado com essas palavras. Quando respondeu, já não era ele, mas alguém um pouco mais alto: o escolhido.

— Eu vou consertar isso, vizinhos. Deixem nas minhas mãos.

Naquela noite, meu pai ligou para seu primo, o político, e a história da pipa de borboleta monarca tornou-se um roubo de bicicleta com facas, em socos na cara de meu irmão até que sua boca ficou quebrada e o olho, preto, do drama da insegurança, do medo constante, das invasões transformando o bairro dos sonhos da classe média numa terra sem deus ou lei. Numa vizinhança em que estava acontecendo o impensável: que os moradores de rua invadissem os terrenos e vivessem lá, como se tivessem pagado por algo, como se tivessem algum direito.

O primo ligou para o prefeito, disse a palavra eleições e, no dia seguinte, embora fosse domingo, eles enviaram as escavadeiras.

Papai se movia entre o público como um rei em suas vestes. Só faltou que o carregassem num andor, mas não era necessário porque ele já estava caminhando vários metros acima das pessoas. Seu cigarro como uma tocha, o sorriso de satisfação, a mão protetora nas crianças brancas, o abraço em todos. Dizia seu sobrenome, respondia às perguntas, levantava a cabeça.

— Sim, tenho contatos.

As escavadeiras são bestas dentadas que rugem e destroçam tudo que há em seu caminho: pessoa, animal ou coisa. Chegaram como naves alienígenas, uma após a outra, e, no terreno onde as famílias se estabeleceram, começaram a revolver tudo.

Os gritos que saíam das casinhas eram do fim do mundo.

Tapei meus ouvidos com todas as minhas forças e ainda assim os gritos me atingiam por dentro, por dentro, tão profundos que eu queria gritar também.

Diante de todos os nossos vizinhos que os contemplavam como se fossem um espetáculo de rua, as mulheres esfarrapadas carregavam seus bebês e, com as mãos livres, agarravam as das crianças que olhavam para trás, para o que era sua vida, com olhinhos esbugalhados, olhos de pesadelo. Os homens tentavam salvar colchões, roupas, utensílios, algum velho que não conseguia andar. Eles gritavam, todo mundo gritava, como naqueles filmes de guerra quando havia bombardeios.

As escavadeiras revolviam chapas de metal, papelão, panelas, redes, uma confusão de poeira e coisas que antes haviam sido a casa daquelas crianças e de suas famílias. Aos gritos, somaram-se os aplausos da vizinhança. Aplaudiam as escavadeiras e aplaudiam meu pai, que com a boca dizia não é nada, é meu dever cívico, e com o rosto dizia sim, salvei vocês, seu bando de perdedores, me amem e me adorem, porque eu os salvei.

Um menino correu em direção à máquina brutal. Dizem que ele viu um gatinho, dizem que viu algo brilhante, dizem que não era de todo normal. O menino foi engolido por aquela pá com uma facilidade aterradora, como se fosse uma formiga.

Seu pequeno corpo magro saltou pelos ares e caiu quase em silêncio na mistura de tijolos, madeira, papelão, pedras.

Todos nós vimos o menino, o homem que dirigia a escavadeira o viu, sua mãe o viu. A mulher caiu no chão com um bramido mortal e começou a jogar punhados de areia nos olhos, a arrancar os cabelos da cabeça, a rasgar a carne dos seios até deixá-los em tiras de pele penduradas, com todo o sangue banhando seu vestido florido, suas sandálias. Os vizinhos, diante daquela imagem, pegaram seus filhos pela mão e fugiram para casa sem olhar para trás.

Mamãe pegou no braço de papai e ele se soltou com violência.

— O que foi? Não é minha culpa que essas pessoas sejam tão idiotas.

Ele se virou, mas alguém o chamou pelo nome. A mãe do menino, com voz trovejante, disse o nome completo de meu pai.

Ele ficou paralisado, de costas para ela.

Ela repetiu o nome uma e outra vez, como se lhe lançasse adagas. Então cuspiu no chão e com um único movimento do braço limpou o peito, o nariz e os olhos. Seu rosto ficou ensanguentado.

Papai continuou andando, andando e andando. Quase na porta de nossa casa, ele balançou a cabeça, tirou um cigarro do bolso da camisa e, enquanto o punha na boca, murmurou:

— Bruxa filha da puta.

Aquele inverno foi atroz. Choveu tanto que o banheiro, a pia, o chuveiro e o ralo transbordaram e converteram nossa casa num aquário do cocô de todo o bairro. Tivemos infecções que nos inflamaram as mãos e os pés. A umidade foi pintando o interior dos armários de um verde enegrecido, cresceu lama nos ursinhos de pelúcia, os sapatos começaram a rachar e descascar, as roupas, as gavetas, nós mesmos, tudo cheirava a cachorro molhado.

A rua desapareceu. Os vizinhos mais destemidos caminhavam sem ver nada das coxas para baixo, alguns saíam em botes ou boias de plástico para tentar salvar os vira-latas ou levar comida para os mais velhos. Da janela do segundo andar, víamos passar todo tipo de lixo, garrafas, portas, animais mortos, carrinhos de bebê, galhos de árvores, frutas, vegetais.

Aquele inverno durou um século e quando acabou, quando finalmente o sol apareceu e a vida começou a secar, todos nós éramos outros.

Muita gente decidiu se mudar para a parte alta da cidade. Nós não pudemos. Papai tinha terras e gado, e perdeu tudo, absolutamente tudo, em três meses de chuva.

Começou a época de pedir fiado no armazém e comer, dia após dia, arroz com ovo ou arroz com atum, mortadela e queijo em papel pardo. Fomos transferidos para uma escola mais barata, passávamos vergonha quando nos chamavam à diretoria porque não tínhamos pagado a mensalidade. De tempos em tempos nos despedíamos de outra família do bairro e prometíamos que manteríamos contato. As meninas choravam abraçadas e os meninos olhavam para os pés, sem saber muito bem o que fazer com a tristeza ou o time de futebol.

Assim fomos crescendo, como tantos, perdendo.

Um dia, sem saber muito bem como, percebemos que não conhecíamos ninguém na vizinhança. Aqueles que organizavam festas com alto-falantes na rua e montavam as piscinas infláveis na calçada não sabiam nossos nomes. Nem nós, os seus.

Eles e nós.

Nós éramos os párias.

Onde um dia houve invasões, centenas de casas se levantaram, empilhadas como dentes sem aparelho. Lá surgiram cabeleireiros, lan houses, barraquinhas de filmes piratas, farmácias, bazares, igrejas evangélicas, jardins de infância, consultórios médicos, escritórios de imigração, veterinárias, discotecas e restaurantes.

Papai voltava do trabalho praguejando. Odiava as músicas, as cores, as decorações, os alimentos, as devoções e o rebuliço dos novos vizinhos. Chamava a polícia todos os fins de semana e nunca, jamais, a polícia lhe deu atenção. No começo, quando ainda era jovem, batia na porta das casas onde havia festa e gritava que abaixassem o volume, se eles não sabiam quem ele era, que chamaria a polícia, a prefeitura.

Os vizinhos, a princípio, lhe diziam para relaxar, para entrar e tomar uma bebida. Depois começaram a insultá-lo. Certa vez, vários meninos deixaram a festa, ficaram um ao lado do outro, muito juntos, a contemplá-lo, e perguntaram-lhe se queria ter problemas.

Depois da morte de minha mãe, os filhos foram cada qual para um lado. Ela era a cola, a dobradiça. Sem ela, tudo exalava cheiro de gás e sujeira; sem ela, éramos como pipas sem linha, apenas voando, voando.

A medida da distância da família é a medida da dor da família.

Ficamos sabendo que alguns ladrões tentaram invadir a casa pelo quintal e que meu pai tinha decidido cercar tudo com alarmes e arame farpado. Cimentou a porta de entrada, cegou quase todas as janelas, transformou a casa numa caixa cinza, um ataúde. Lá dentro, sozinho, quem sabe do que ele se lembrava.

Todos os dias amanhecia ao lado do número 66 da casa outro 6, e todos os dias meu pai passava naquele número qualquer tinta que encontrasse, lançando olhares assassinos a todos que passavam por lá. Um dia, farto, ele parou de fazer isso e o lugar se converteu em casa 666.

As crianças começaram a temê-lo. A casa, nossa casa, se tornou a mansão mal-assombrada do bairro, e de meu pai falavam que era canibal, pedófilo, que matara todos nós, que era o diabo. Sua imagem provava que eles estavam certos. Cada dia mais sujo, com a longa barba branca e as unhas muito compridas, febril de ódio, ele murmurava atrocidades e falava apenas dos outros tempos, quando aquele era um bom bairro, bairro de gente decente, não de viciados e estrangeiros.

Quando telefonávamos, ele falava dos rostos escuros que apareciam para ele na janela do segundo andar e que lhe diziam morra, velho de merda, das cartas ameaçadoras que eram postas embaixo da porta com fotos de balas com seu nome escrito nelas, de que manchavam as paredes com ovos podres, com grafite, com cruzes invertidas, de que toda a vizinhança jogava lixo na porta dele, de que haviam cortado sua árvore e feito uma fogueira na qual queimaram um boneco com uma máscara de barba branca e um cigarro na boca.

Em nossa última conversa, sua voz já não me era familiar. Ele sussurrou ao telefone que haviam entrado na casa, que estavam em nossos quartos, na cozinha, e que logo chegariam ao banheiro onde ele estava escondido há dias, sem comer ou dormir. Perguntei a ele quem, outra vez, como em cada ligação, perguntei quem tinha entrado em nossa casa, até que ele me respondeu:

— Os invasores.

PIEDADE

Ele está tão embriagado que anda torto. Estaciona como pode, na garagem, aquele carro que parece uma banheira. Desce tão mal que eu tenho que pegá-lo pelo braço, mas ele se solta, bravo, porque é orgulhoso, sempre foi, desde pequeno, e deixa cair as chaves, pois jogá-las no chão ele não joga, que ele sim tem educação e vem de um bom lar, e eu tenho de me abaixar para pegá-las. Como é bonito, com aquele cabelo de mel amanteigado, como sua roupa é limpa e sempre bem passada, como é perfumado, um príncipe que passa pela garagem e parece que vai tropeçar a qualquer momento, e eu fico ali, com meu corpo jogado para a frente e os braços atentos para segurá-lo, por precaução. É assim que o mundo o rodeia. Todas as pessoas, logo que o veem, já estão a seu serviço, mesmo que ele nem tenha aberto a boca. Coitadinho, tenta falar como se a língua não dançasse dentro da boca, como se ele fosse um adulto e não um menino aprendendo a falar. Eu o ensinei a falar. Ele demorou, mais do que meu filho, por exemplo, que desde pequeno já disse mamãe, papai, teta, água e tudo o mais que os filhos dizem para se fazer compreender e ser amados. Mas ele não, e então comecei a falar com ele o dia todo, coisas de adultos e bebês, tudo misturado, fosse o que fosse que me passava pela cabeça, do meu bairro, do problema de esgoto, do purê de mandioquinha, que delícia, que toda vez que chove é um desastre na minha área e que o lixo e os cães mortos passam flutuando pela rua e nós temos que andar naquela água para chegar ao trabalho, dos ratos, que praga, que eu precisava de um gato, um gato gordo e comilão, de tudo. Ele apenas ficava observando com aqueles olhos azuis que eram uma maravilha, porque pareciam o olhar do Menino Deus, como se o Menino Divino olhasse para você, e um dia que eu estava reclamando do preço do arroz, ele disse adó. Quer dizer, arroz, ele balbuciou arroz e eu dei um grito, como se tivesse visto o milagre da Virgem, mas não contei nada à patroa, porque as patroas são ciumentas, e era capaz que me demitisse por ter feito a criança fazer o que ela não podia e pior: ele disse arroz, uma palavra de empregadas. Quem sabe. Fiquei quieta, mas ele já começou a apontar coisas e a nomeá-las. Como se houvesse ficado esperando por permissão e no dia anterior eu tivesse lhe dito que falasse — apenas fale, meu garoto —, que ninguém o calaria, pois ele era o rei do mundo e que dissesse o que quisesse, que inventasse: nós aprenderíamos seu idioma. Da primeira vez que ele disse mamãe, estava se referindo a mim, não à patroa. Naquele dia eu senti que voei, que me elevei da terra. Meu lindo, quem não cairia aos seus pés? Aquela boquinha rosada e aquela pele de porcelana. Ele se agarrava ao meu pescoço, assustado, quando eu o deixava no chão para fazer as coisas da casa. Pendurava-se em mim como um macaquinho enquanto eu varria ou dobrava as roupas limpas. Muito tempo ficou assim: preso a mim sem me soltar, e a patroa, quando via, vinha arrancá-lo do meu pescoço, mas a birra era tão terrível que ela tinha que deixá-lo escalar novamente. Meu filho, desde bebezinho, ficava calmo e quieto quando eu ia trabalhar e a vizinha cuidava dele, como se soubesse, não? Como se estivesse ficando maior mais rápido. Mas meu menino não. Meu menino nem me deixava ir ao banheiro e, às vezes, eu tinha que fazer minhas coisas segurando a mão dele, como um bichinho. Eu fico nervosa e ele me dá um tapa para me acalmar, ele fala palavrão, porém eu não digo nada, pois ele não faz isso por grosseria, mas às vezes passa um pouco da conta com as bebidas. É também porque ele anda com aqueles amigos que são pessoas más, que andam com ele e se aproveitam e quem sabe o que lhe oferecem. Ele aceita por educação. Eu o ensinei a dizer obrigado e por favor. A patroa me disse para não ensiná-lo a dizer "perdão?", "deus lhe pague" ou "me desculpe", que isso era para outro tipo de pessoas, não para o menino. Além disso, o patrão também bebia muito e essas coisas é capaz que sejam herdadas. O patrão, sim, é que era terrível quando vinha embriagado, oh, era melhor correr. Eu enfiava meu menino no quarto comigo quando eu o ouvia chegar, pois aquele homem devastava tudo que encontrava no caminho. Essa violência eu nunca vi em ninguém. Não consigo esquecer que um dia o cachorro, o Bobi, começou a latir para ele sabe-se lá por quê. Esse cachorro já era velho, estava meio cego, não matava nem uma mosca. Um santo meu Bobi, meu velhinho. Criei aquele cachorrinho desde filhote, era assim, viu, cabia em uma das minhas mãos. Isso era quando a patroa não conseguia engravidar, então o patrão comprou o cachorrinho para distraí-la de tantos médicos que lhe diziam que era ela quem tinha problemas, que a coisa do patrão funcionava perfeitamente, embora, pelo que eu saiba, o patrão nunca fez nenhum exame. Fiquei tão envergonhada quando engravidei que não contei nada a ela até não conseguir mais esconder a barriga e ela me viu e me disse: você vai ser mãe, que lindo. A patroa tentou engravidar por anos, fez todos os tratamentos, eu lhe dava as injeções, coitadinha, mas nada. Aí sim que a casa era como as casas mal-assombradas dos filmes, puro choro, lamentações e tal. Uma casa sem filhos, certo? É como um desperdício. Depois foram ao estrangeiro adotar meu menino porque, como a patroa dizia, seria estranho para as pessoas que, sendo eles tão brancos, tivessem um filho moreninho, como os daqui, e que, em vez disso, meu menino era perfeito, como se tivesse saído do seu ventre, porque o bisavô do patrão, aquele que foi presidente, era assim: branco, loiro, de olhos azuis. Brancoloirodeolhosazuis, repetia a senhora. Mas bom, antes disso foi uma festa quando o cachorro chegou. A patroa me disse que ele era muito bom, filho, neto e bisneto de cães com pedigree, mas a verdade é que o Bobi se comportava igual aos cachorros vira-latas do meu bairro: comia os chinelos, o lixo, roubava carne e a gente precisava dar com o jornal no focinho dele. O que ele comia, por outro lado, era uma comida que custava mais do que me pagavam, porque era finíssimo, como a patroa repetia. Bem, a coisa é que naquele dia o Bobi começou a latir para o homem e ele, que vinha mamado, deu-lhe um chute na barriga que o cachorrinho fez *fuiiinnn* e lá ficou, durinho. Meu menino queria ir ver o que tinha acontecido com seu cachorro e eu como louca o distraindo para que não fosse. O que eu tive que inventar! Não sabia como explicar a ele. Então menti, que o Bobi tinha ido para o céu, porque ele já era mais velho, e eu tive que consolar aquela criatura que era um mar de lágrimas porque havia crescido com ele, lado a lado. Era lindo ver os dois, meu Menino Deus e seu animalzinho como aquelas imagens da igreja. A patroa, assim que soube, voou ao shopping e lhe comprou outro cachorro, muito caro, lindo aquele cachorrinho, mas meu menino não estava mais interessado, pelo contrário, tratava-o bem mal, às vezes o animal vinha mancando. Enquanto eu estava lavando roupa, ouvia o cachorro gemer e já sabia que era meu menino que estava fazendo algo com ele, não porque ele era mau, por curiosidade, que ele era muito curioso e às vezes se punha a ver o que aconteceria se ele queimasse as formigas ou esmagasse os passarinhos. Eles acabaram dando o cachorro para mim, e meu filho e esse cachorro se apaixonaram no mesmo instante: também lhe deu o nome de Bobi, de tanto que ouvia falar do Bobi do meu menino, ele também queria seu próprio Bobi. Foi nessa época que o médico me disse que meu filho não andava bem da cabeça, que algo de errado ele tinha, degenerativo ele disse, crônico ele disse, e foi aí que a patroa me pagou um neurologista também caríssimo para que o visse e ele falou a mesma coisa, degenerativo e crônico, as piores palavras do mundo. Ele prescreveu alguns comprimidos que meu filho precisava tomar a vida toda para que não lhe dessem seus ataques, coitadinho. Muitos anos viveu conosco o bom animalzinho, muito fiel; quando o Bobi morreu, meu filho entrou numa escuridão da qual não havia maneira de tirá-lo. Meu menino grita comigo pedindo ajuda. Fica grosseiro, por causa dos nervos. Tenta tirar do carro a srta. Ceci que está bem mal, parece que dormindo, desmaiada. Ai, essa garota, que deus me perdoe, nunca gostei dela: malcriada, antipática, com aquela voz esganiçada ordenando que meu menino faça isso e pare de fazer aquilo. E sempre com esses vestidinhos, esses decotes, esses saltos, esse loiro que, como diz a patroa, é mais falso do que uma nota de três, as unhas enormes. Ai, não. Pois se há tantas meninas lindas, de família conhecida, daqui do condomínio, todas loucas por ele. Não, nunca gostei dessa garota para o meu menino, mas quando eles são grandes já não há como lhes dizer nada. De pequenos, sim, tudo o que pedimos eles fazem, mas quando crescem, resolvem tudo sozinhos e se a gente se atreve a comentar, imediatamente eles nos põem no nosso lugar: a cozinha e o silêncio. Eu também acho que essa relação era para irritar a patroa, que ficava louca quando meu menino chegava com a srta. Ceci, ui, como ela ficava!, nem saía da sala. Aquela mulher já foi embora?, perguntava. E eu tinha que ir ver. E, às vezes, eu os ouvia fazendo suas coisas no quarto do meu menino e ficava morrendo de vergonha porque, para mim, ele ainda era aquele bebê que ficava pendurado no meu pescoço como um macaco. Não, senhora, a srta. Ceci ainda está aqui. Eu ficava com medo de que ele a engravidasse, capaz que era isso que essa sirigaita queria, tirar um filho do meu menino e arrumar a vida para sempre, porque crianças como meu menino não são muitas, existe uma em um milhão, ou até menos. Ele grita comigo para ajudá-lo a pegar a srta. Ceci que, como se costuma dizer, apagou. Nem nós dois juntos conseguimos. Ele me manda buscar o carrinho de mão do quintal. Nós a jogamos dentro dele, como um saco de batatas. Quando eu a toco, sinto a garota congelada, mas meu menino sempre vai com o ar-condicionado do carro no último. Ele não gosta de suar, e também não tem por que suar. Filho, digo a ele, meu filho, o que aconteceu? Ele não me responde, ele está apenas pensando em como levar a menina para dentro de casa e que nenhum vizinho esteja observando. Quando vê que eu me atrapalho e não sei mais como ajudá-lo, ele grita comigo, fala coisas horríveis, que vai me enxotar como um cachorro, que vai dizer à patroa que eu sou uma ladra, que vai matar o louco do meu filho que é um fardo para a sociedade, mas ele diz isso porque está cheio de bebida, ele me adora, às vezes eu penso que mais do que da patroa, é por isso que eu não fico ressentida nem nada, só fico lá empurrando aquele carrinho de mão com a garota esparramada, quem sabe onde seu sapato caiu. Quando a luz automática acende, posso ver o rosto da garota e é quando eu deixo cair aquele carrinho de mão e minha boca se escancara e eu cubro o rosto porque, embora nunca tenha visto um morto, sei que é assim que se parece um morto. Filho, filho, o que aconteceu, meu filho? A luz vem e vai, vem e vai e cada vez que nos ilumina vejo mais e mais a cara dessa garota. Foi massacrada. Tem um olho transformado em mingau, o nariz jorrando sangue já seco, a boca inchada. Meu filho. Ele me manda calar a boca, que ele precisa pensar, e eu fico olhando para ele e vejo que sua camisa está manchada. Ele olha para as mãos, cheias de sangue, e aí é que falo com ele como quando era menino: vamos, meu querido, venha que eu cuido de você. Faço-o entrar pela área de serviço. No meu quarto, ponho-o deitado, tiro toda a roupa dele, limpo seu corpo com uma toalha úmida, eu o esfrego com colônia, passo creme antisséptico em suas mãos, aliso seus cachos loiros e canto para ele até que adormeça, como quando era pequeno. Não se preocupe com nada, meu bebê, eu vou cuidar de você, digo a ele. Guardo suas roupas ensanguentadas numa sacola para levar para minha casa. Meu filho é quase do mesmo tamanho que meu menino.

SACRIFÍCIOS

— Como era? Verde A? — ele disse enquanto procuravam o carro no gigantesco estacionamento do shopping.
— Ah, nem me pergunte, foi você quem disse que ia se lembrar — disse ela.
— Era verde sim, era sim, tenho certeza de que era. A? B? Você se lembra?
— Ai, que droga, sempre que vamos ao cinema, acontece a mesma coisa.
— Porque eles fazem tudo que nem a fuça deles, põem símbolos e sinais esquisitos, é impossível que a gente lembre. Você lembra daquela vez no shopping da rua Galápagos?
— Como é que eu posso esquecer, se a gente ficou procurando o filho da puta do leão-marinho F por meia hora?
— Aqui pelo menos são cores.
— Sim, mas também estamos perdidos como idiotas.
— Vamos ver, acho que não era nesse andar. Espere, venha, é melhor procurarmos um guarda pra perguntar.
— Aperte o botão do alarme pra ver se a gente consegue ouvir o carro.
— Todo mundo já foi embora.
— É que esses eram gênios, capazes de recordar uma cor e uma letra. As duas coisas! Que inteligência. Superdotados. Que sorte, hein?
— Não me enche o saco.
— Não, não estou te enchendo, só estou dizendo que há pessoas com talento pra isso e outras que não têm.
— Verde. Sim, era verde.
— Você não pode ligar pra alguém?
— Onde fica o elevador? Neste andar o carro não está.
— Tem certeza?

— Então veja você, todo-poderosa, procure, tenho certeza de que vai encontrar.

— Nem comece, hein?

— Começo sim, começo sim. O que diabos está acontecendo com você ultimamente?

— Ah, é melhor procurar o carro porque isso é uma idiotice. Ficar aqui parados discutindo.

— Você não consegue nem olhar pra mim, temos que vir ao cinema pra sairmos juntos, porque você não consegue olhar nos meus olhos.

— Você quer falar agora dessas coisas? Agora?! Não posso acreditar que você vai ficar falando essas merdas.

— Vou falar essas merdas, sim! Vou falar porque você está sempre brava e me culpando por tudo! Por que você não lembra da cor ou da letra, merda? Não, porque o dom Cornudo é quem tem que se lembrar de tudo, tem que cuidar de tudo.

— Do que você está falando? O que é que você tanto faz?

— Cuidar das crianças, pagar as contas, ligar pro banco pra que eles aumentem o limite do cartão e viver torcendo pra que a lindinha, a taça de cristal, não se zangue com nada!

— Não acredito. Fique aqui com suas baboseiras. Tchau.

— Olhe.

— O quê?

— Você achou o elevador?

— Não tem elevador.

— Tem certeza? E escadas?

— Não vi; se você quiser, procure você, que é o Sherlock fodão.

— Vamos ver. Se acalme. Elas têm que estar por aqui em algum lugar.

— Mmmm.

— Aqui é vermelho R. Em que momento chegamos ao vermelho e ao R?

— Será que descemos?

— Não, não descemos.
— Como você sabe? Tem que ter vermelho e verde no mesmo andar, então.
— Mas estávamos no C.
— Você disse que era no A.
— Acho que era no C.
— Mas você disse que era no A.
— C!
— E agora estamos no R. É incrível como estamos há tanto tempo nessa merda. Olá! Alguém está me escutando?! Guarda! Por favor, aqui!
— Vamos ligar pra alguém?
— Não tem sinal.
— Mentira!
— Sério. Eu, pelo menos, não tenho. Olhe no seu.
— Também não tenho.
— Não acredito. Deixe eu ver. Merda.
— Vamos ver, vou um pouco pra lá.
— Tem?
— Nada.
— Ai, merda, esses malditos estacionamentos ficam cada dia piores, são como labirintos, realmente, que ódio.
— A culpa é sua por não anotar onde estacionamos, não vê? Não há mais ninguém aqui, porque todos são capazes lembrar de duas coisinhas, exceto você.
— Vai começar de novo.
— Olhe, estamos há pelo menos vinte minutos dando voltas nesse maldito estacionamento. Não pode ser possível que não consigamos encontrar o carro.
— Ah, é verdade. Veja só, aí está o carro: é só pedir que ele aparece. Que parte de "eu não sei onde diabos o carro está" você não entendeu?
— A parte na qual você é inútil e a parte de por que caralhos eu me casei com você.

— Eu podia estar na minha cama agora, mas não. Estou sufocando de calor num estacionamento gigante de merda onde meu marido, extremamente esquecido, não é capaz de encontrar a porra de um carro. Todo mundo encontrou o carro, menos um único idiota!

— Acompanhado.

— O que você está falando?

— Me diga com quem você anda...

— Guarda! Oi! Tem alguém aqui?!

— O shopping já está fechado.

— O quê?

— Eu tentei entrar pra procurar alguém da limpeza ou do cinema e a porta já está fechada.

— Guarda! Ajuda!

— Com certeza eles devem dar uma volta pelo estacionamento antes de fechar de vez.

— Sim, claro, com certeza, não vão fechar assim, sem verificar se ainda tem gente aqui, certo?

— Você achou a escada?

— Não tem nenhuma escada neste andar.

— E de emergência?

— Tem uma placa, mas não consigo ver.

— Tem uma parede.

— Uma parede.

— Como uma? Isso é incrível. Isso realmente é louco. Eu vou processar essas pessoas.

— Vamos começar de novo, ok? Isso é ridículo.

— Saímos do cinema por esta porta e viramos à esquerda?

— Era o Verde.

— Sim.

— Não seria à direita? Porque aqui é o Azul.

— Você acha que eu sou daltônica como certas pessoas?

— Cale a boca, merda. Estou de saco cheio que você me ofenda e que cada palavra que sai da sua boca seja pra jogar algo na minha cara.

— Não me mande calar a boca. Você é um merda, merda, merda, merda.
— E você? Você é uma pessoa insuportável.
— Onde você estava no fim de semana passado?
— O quê?
— Responda. É uma pergunta simples.
— Na capital. Dando um curso. Se você já sabe, pra que pergunta?
— A-hã.
— Acho que escutei alguma coisa.
— Vamos ver, aperte de novo.
— Você ouve? O alarme está tocando.
— Onde?
— Parece que em vários lugares.
— É o eco.
— Aperte, aperte de novo.
— Por ali.
— Parece que é mais por aqui.
— Eu vou por aqui e você vai pra lá.
— E se nós dois nos perdermos?
— Vamos ver, qual é a cor daqui? Amarelo?
— Amarelo H.
— Nada a ver, né?
— Não há nenhum carro aqui.
— Que horas todo mundo foi embora?
— Na hora em que minha mulherzinha decidiu ficar duas horas no banheiro sabe deus fazendo o quê.
— Agora é minha *fucking* culpa, certo? O senhor perfeito.
— Eu vi que todo mundo estava saindo e você ainda estava enfiada lá, naquele banheiro. Quase que eu entrei.
— Se você estava tão preocupado, por que não entrou?
— *Hello*? Porque era o banheiro feminino.
— Eu estava chorando.

— Já sabia. Por que é que você me traz pra ver esses filmes lacrimogêneos? Puro buá, buá. O marido a deixou. Buá, buá, o outro não a quer. Buá, buá. Puta babaquice.
 — Lá vem você.
 — Depois você fica toda chorosa.
 — Lá vem.
 — Isso se chama masoquismo.
 — Nós já passamos por aqui, não passamos?
 — Não me lembro.
 — É incrível que não tenha sobrado um só carro.
 — O nosso. Já estou até duvidando que viemos de carro. Imagina se por algum motivo a gente veio de táxi e estamos aqui andando como idiotas?
 — Essas bobagens não acontecem comigo. Elas acontecem com pessoas que estão pensando vai saber no quê.
 — Não, você é infalível.
 — Não, infalível não, honesta.
 — O que você quer dizer?
 — Onde você estava no fim de semana passado?
 — Na capital, droga, que merda, no Centro de Treinamento de Novos Talentos, que fica na avenida principal.
 — Uau, na ponta da língua. Você sabe até o endereço.
 — O que você está resmungando?
 — Você amarrou todas as pontas! Até a porra do endereço você inventou ou pesquisou no Google!
 — Não estou te entendendo e, na verdade, acho isso ridículo. Eu não digo mais nada, não sei o que você está pensando. Não é hora de ficar discutindo merdas quando já estamos há meia hora dando voltas num estacionamento, e não temos nem uma puta ideia de onde está nosso carro.
 — O que você pôs no Google? Centro de Treinamento de Novos Talentos? Ou você inventou isso também?
 — Ai, meu deus.
 — Não invoque a deus, seu mentiroso de merda.

— É que isso é incrível.
— Ah, sim, invoque a deus, invoque, pra que ele te perdoe por ser tão mentiroso e tão filho da puta.
— Incrível.
— O mais incrível é que seu rosto não caia. Veja, aqui é o A.
— Mas é Roxo.
— Será que você não deixou no A Roxo?
— Não.
— Não ou *não*?
— Mmm, *não*.
— Você não tem certeza, viu?
— Pare de me encher, droga. O carro não está aqui, não importa se eu tenho certeza ou não.
— Roubaram nosso carro.
— O quê?
— Sim. Por que eu não tinha pensado nisso antes? Eles roubaram nosso carro, eles o levaram, não está lá.
— Merda.
— Claro, é por isso que continuamos andando sem encontrá-lo: não está mais aqui! Merda.
— Mas estava no Verde.
— Pare de encher o saco com essa merda de Verde e Verde. Eles roubaram a porra do carro.
— Eu tenho o tíquete de entrada.
— *Eutenhootíquete, eutenhootíquete*. Estúpido, os ladrões podem estar de conluio com os guardas ou falsificar cartões ou quem sabe quantas coisas. Não há mais nenhum lugar seguro nesta cidade de merda. Cidade de merda! Essa porra de cidade é impossível! Guarda! Alguém nos ajude!
— Calma, vamos descer pra conversar com alguém.
— Não há elevador, não há escadas.
— Vamos encontrar uma janela ou algo assim. Venha, não sente aí, vamos, vamos. Vamos sair daqui, você vai ver. Levante-se, meu amor, venha que depois vamos rir disso.

— Não me fale assim, seu traidor de merda.
— Eles vão nos tirar daqui logo.
— Não me toque, não me toque.
— Que foi?
— Onde você estava no fim de semana passado?
— Mas por que você fica repetindo isso? Na capital.
— Você não estava na porra da capital, não estava, não estava, não estava.
— Claro que estava. Por que você está assim?
— O Hotel Imperial parece familiar pra você? Hã? Isso soa familiar pra você? Os dois cheios de sorrisinhos, isso soa familiar?
— Levante-se, vamos encontrar o carro.
— Se você me tocar de novo, eu te mato, seu mentiroso de merda, eu arranco os putos dos teus olhos.
— Vamos encontrar o carro. Não é hora nem lugar pra ficar falando besteira.
— Não há melhor hora ou melhor lugar pra falar das suas merdas.
— Vamos.
— Me solte.
— Vamos.
— Me solte, seu monstro.
— O que você vai fazer comigo? Não há ninguém aqui. Ninguém nos escuta. O que você vai fazer comigo?
— Nada. Eu é que pergunto: o que você vai fazer comigo?
— Bem, fique aqui, vou encontrar o vigia.
— Você vai continuar afirmando que esteve na capital?
— Você vai continuar com essa porra?
— O que você vai fazer comigo?
— As luzes se apagaram.
— Merda.
— Vamos iluminar com o celular. O que está escrito?
— Há um F.
— F de fodidos.

— Já tínhamos passado por aqui?
— Ai, meu Deus, sem luz nunca vamos encontrar a saída.
— Há quanto tempo estamos aqui?
— Devem ser umas três da manhã.
— Guarda! Por favor! Alguém nos ajude!
— Você vai machucar a garganta.
— Guarda! Ajuda!
— Estou ficando sem bateria, e você?
— Você ou o telefone? Eu tenho.
— Vamos ter que dormir aqui no chão.
— É o que nos resta.
— Espero que as crianças não tenham ficado acordadas esperando por nós. A Carmen deve estar louca.
— Isso é o que eu ia dizer.
— Isso é uma loucura, realmente. Não posso acreditar que estamos neste estacionamento há três horas e não encontramos nem mesmo uma janela.
— Eu sinto que, a cada vez que olhamos, a cor e a letra são diferentes.
— Isso é impossível.
— Uma loucura.
— Um pesadelo.
— Será que sim?
— Já me belisquei várias vezes.
— Acione o alarme novamente.
— Pra quê?
— Pra ouvir.
— É por ali.
— Já fomos lá.
— Vamos de novo.
— Escute.
— O quê? Vamos, o que você está esperando?
— Escute. Cada vez que andamos, a cor e a letra são diferentes.
— Não são, a gente acha que sim, mas não são.

— São diferentes.
— Não é assim. Não pode ser assim. É porque estamos cansados.
— Eu estava anotando no meu celular.
— Nós estamos confusos. Já demos muitas voltas.
— Não é um andar.
— Então que diabos é isso? Um quebra-cabeça?
— Eles mudam.
— Ei, pare de falar besteira e levante-se, vamos, que o alarme tocou por ali. Faça isso de novo.
— Ilumine aí, o que diz aí?
— É o O.
— Você se lembra que eu disse F de fodidos agora mesmo?
— Não é a mesma parede.
— É a mesma parede.
— Você está cansado.
— Sim, mas é o O.
— Estamos descendo sem perceber. Você está vendo? Cada vez que damos uma volta, estamos descendo, mas nesses prédios modernos não se percebe a declinação.
— É o O.
— Não pode ser.
— É sim. E é a mesma parede.
— Veja se você já tem sinal.
— Fiquei sem sinal desde que entramos aqui.
— Mas olhe!
— Estou ficando sem bateria também.
— Puta que pariu. Nada?
— É o O.
— Isso não pode estar acontecendo.
— No tíquete é capaz que tenha um número de telefone.
— Não temos sinal.
— Então vamos encontrar um daqueles telefones pra ligar pro pessoal.

— Faz horas que procuro algo na parede. Não há extintor de incêndio, nem torneira, nem abertura. Não há absolutamente nada.
— Veja as letras. Ilumine aí em cima. Que diz?
— É o P.
— E a cor?
— Laranja.
— Era o I azul-celeste.
— Não fique repetindo essas merdas. Que diz aí?
— "Não se esqueça da cor e da letra de onde parou. Obrigado."
— Isso não tem pé nem cabeça. Ajuda! Guarda! Por favor!
— Escute.
— O quê?
— Eu ouvi algo, levante-se.
— Será? Não estou vendo nada.
— Maldita hora em que parei de fumar. Teríamos um isqueiro.
— Shhh. Escute.
— Sim.
— Você está ouvindo?
— A-hã.
— É o seu celular, estão ligando pra você! Você tem sinal!
— Não. A bateria acabou.
— Merda. Merda. Merda. Merda. Puta merda. Puta que pariu. Merda. Merda. Do que você está rindo?
— Eu nunca ouvi você dizer tantos palavrões.
— Você nunca me viu trancada num estacionamento que não tem saída.
— Ficamos sem telefone, sem luz, sem carro, sem água.
— É um castigo.
— Um castigo?
— Por causa das suas mentiras e dos seus enganos, porque você anda fazendo suas putarias.
— Não te passou pela cabeça que talvez seja porque você é uma filha da puta comigo? Porque você grita o dia todo? Porque

está sempre cansada, com enxaqueca, organizando almoços pras suas amigas?

— Tudo é minha culpa. Sim, fui eu que te joguei diretamente nos braços daquela puta vadia com quem te viram no Hotel Imperial. Pobrezinho daquele que se sentia sozinho e incompreendido pela víbora da sua mulher e encontrou uns peitos de mamilos durinhos prontos pra confortá-lo.

— Cale a boca. Venha, vamos continuar procurando a saída.
— Me responda.
— Temos que sair daqui, estou passando mal, estou tonto.
— Me responda. Você gosta dela?
— Eu não sei, ela me escuta, me abraça. Não sei, às vezes acho que sim. Ela é doce. Mas você, as crianças. Ei, você está ouvindo isso?
— Sim.
— O que é?
— Parece que tem alguém chegando.
— Meu Deus, obrigado, obrigado, obrigado.
— Cadê?
— Ali, certo?
— Vamos gritar?
— É ali, sim. Sei lá, não, vamos esperar.
— Ele está vindo.
— Sim, deve ser um guarda, mas vamos esperar que ele chegue mais perto.
— Por que não gritamos pra ele não ir embora?
— Espere.
— Como é o som?
— Como um cachorro.
— Um cachorro ou porco.
— Um porco, certo?
— Shh. Não fale tão alto.
— Está se aproximando. Parece mais um cavalo? Uma vaca?
— Meu Deus, que loucura.

— Estou com medo.
— Não vai acontecer nada. Deve ser um toque do telefone ou do rádio. Não vai acontecer nada, não é um cavalo nem um porco, deve ser uma piada. Vamos chamar?
— Shh.
— Parece um animal.
— Meu Deus.
— Acenda a lanterna do celular.
— Vai tocar.
— Acenda, eu tenho que vê-lo.
— O que é isso?
— É, não pode ser, é como um touro.
— É um homem disfarçado.
— Não, tem chifres e tem cascos. Não é um homem.
— Então o que é? O que vai ser, se não é um homem? Que brincadeira é essa?
— Está se aproximando.
— Não é um homem.
— O que é?
— Não sei o que é. Está vindo em nossa direção.

EDITH

E esta mulher, ninguém vai chorar por ela?
Anna Akhmátova

Depois do amor, ele ficava esgotado.

Então ela podia observá-lo com prazer, por muito tempo, ver as cutículas carcomidas, os pelos grisalhos no peito, o pênis flácido e brilhante, como untado com manteiga, os pés, aquelas duas longas folhas de palmeira, e a testa finalmente desanuviada, sem aquele gesto de sempre, como se estivesse resolvendo um problema com o rosto virado para o sol. Era impossível que ela adormecesse com ele ao seu lado. Dormir era perder a oportunidade de olhar para ele sem medo, de não relancear, de olhar realmente os mamilos avermelhados, o umbigo cercado de penugem, os ombros ossudos, os lábios por onde escapava uma gotícula de ar, um assobio em outra frequência, uma corrente diminuta. Ela teria dado sua vida por esse gotejamento de hálito quente, pelo calo na mão direita, bem onde a enxada repousa, pela curvatura de uma única pestana. Ela teria dado sua vida por ele. Não era pelo sexo. Ou sim. Pelo sexo. O que era o sexo? Juntar-se, esfregar-se, expelir líquidos espessos? Não. O que era então? Que acariciem suas costas quando você se sente só e não entende o que lhe aconteceu. Que você seja escolhida a estrela entre todas as crianças. Que lhe digam que ninguém faz isso, qualquer coisa, melhor do que você. Que tirem sua temperatura. Que, surpreendida numa tempestade de areia, uma mão amiga saia de algum lugar e lhe ofereça abrigo. Que escondam atrás das costas a melhor fruta cristalizada para você. Ser outra coisa: não uma mulher casada com um homem quase idoso, mãe de duas filhas, forçada a mudar de um lugar para outro, de levar a vida nas costas, como se a vida na própria casa não pesasse o suficiente. Nômade, escrava e muda diante do que seu marido fazia com as meninas.

 Ele, sem abrir os olhos, passou o braço em volta do quadril dela para agarrar uma nádega e ficar assim, homem e nádega de sua amante: isso é meu. Ela estava sempre molhada para ele, uma água-viva feita de gelatina tépida, uma anêmona radiante em sua caverna submarina, mistério gozoso. Ele primeiro lhe dava umas longas lambidas, do períneo ao clitóris, uma língua de mercúrio ou de bala de hortelã, maternal e selvagem, tirando-lhe com o prazer todos os medos. Lambidas contra o desassossego. Foder para não se matar. Era como se fossem todos os abraços de todos os momentos em que ela precisou de um abraço e todos os encontros sexuais em que ela queria um encontro sexual. Claro, não era um homem usando a língua, mas um deus limpando sua criatura recém-nascida. O sexo como o reencontro com o útero materno, a pré-consciência, o prazer puro de não se saber mortal e imbecil. O sexo como uma casa própria onde florescem gerânios.

 O sexo como todas as palavras que sempre quisemos dizer e nos faltou a linguagem.

 Na primeira vez que ele fez isto, lamber sua buceta como uma cadela lambe seus filhotes, ela pensou que ia morrer e morreu. Depois da surpresa do prazer, da luta para alcançar e abraçar a luz, do espasmo que dá e tira o sentido, viu tudo preto e depois estrelas e depois o ar se preencheu com o cheiro de madeira queimada enquanto ela chapinhava numa lama densa e movediça, mais agradável do que qualquer tecido do planeta, enquanto seus mamilos se transformavam em diamantes e sua boca não precisava se abrir para que o mundo inteiro obedecesse aos seus desejos: a linhagem do orgasmo. Quem não gostaria de se sentir assim? Isso é o céu, ela pensou, e morreu e ressuscitou para se abrir como uma flor implorando para ser crucificada novamente de par em par. Pura porta. Aqui, aqui, entre aqui, por favor, por misericórdia. Chuva de meteoritos no ventre, a sensualidade selvagem de ser fodida com desejo e se sentir desejável: que te fodam e você também se foda.

No orgasmo, ele dizia o nome dela: Edith. Era o único que a nomeava e renomeava com sua língua, com o sexo, com o gemido. Edith, Edith, Edith. Ela não era mais a mulher de, nem a mãe de, nem a filha de. Era esse nome que seu amante dizia durante o êxtase e que a penetrava por todos os lados. Era aquela mulher que se chamava Edith e que, portanto, existia.

Depois de gozar, se ele tivesse pedido a ela que executasse atos indizíveis, ela teria feito, tudinho, obediente como um cachorro. A droga da vontade se chamava pau, se chamava língua, se chamava como ele.

Depois de gozar, não existia mais ninguém, nada mais.

Cada vez que eles se encontravam na cabana dos pastores, o desejo os transformava em bestas. Como não havia mais maneiras de penetrar, eles se mordiam, arranhavam, zurravam, eles cuspiam na boca um do outro, puxavam-se os cabelos, olhavam-se nos olhos, punham na boca os pelos púbicos e os passavam nos lábios, assumiam poses estranhas, riam e choravam. O mais refinado e o mais primitivo: um anjo, um rei, um bárbaro, um coiote. Quando aquele homem a fodia, ela sentia que tinha nascido para se abrir a ele, que os músculos de suas pernas haviam se formado apenas para ser pressionados contra suas costas magras, para chupá-lo mais e mais para dentro, como um tornado, mais para dentro, como uma casa.

Ela sabia que, enquanto estava deitada de costas com a buceta piscando, gozando aos gritos, seus olhos revirando e as pernas abertas como para parir, seu marido estava mostrando o pau velho para suas pequenas. Não era uma suspeita, ela sabia disso. Alguma coisa teria mudado se ela estivesse lá? Poderia se oferecer, como um sacrifício, em troca de suas meninas? Provavelmente não. Mas talvez depois as meninas pudessem se refugiar em seus braços, chorar seu terror, acreditar por algumas horas que a mamãe tinha algum poder, que aquilo não aconteceria de novo. Quase as imaginava vindo com suas perninhas magras e brancas de poeira, com suas virilhas macias ensanguentadas, com manchas de lágrimas nos rostinhos morenos. Sim, ela poderia estar lá para confortar suas filhas, mas não tinha mais escolha: enquanto seu marido se divertia tocando a maior e mandando a pequena observá-los, ele não pensaria onde ela estava e por que não tinha voltado do campo e que diabos estava acontecendo com a comida.

A violência era a única constante em sua vida. A única certeza, hora após hora e dia após dia. Uma coisa infalível. Quando ela descobriu o sexo naquele homem, sua sede foi aplacada e se magnificou. Um dia, com a garganta dolorida por ter gemido e gritado, os dois ficaram deitados no chão e ela lhe disse: meu marido faz coisas monstruosas com minhas filhas enquanto estou aqui com você. Ele se levantou e, com a delicadeza de uma mãe, limpou sua vagina, suas pernas melecadas, os cabelos cheios de mato. Então ele a vestiu e a calçou. Beijou sua testa e saiu sem olhar para trás.

Os dias se passaram sem que ele cantasse como um pássaro que não era um pássaro em sua janela. Sem ele, ninguém dizia seu nome, e sem seu nome, ela se sentia um vazio, um fantasma, um gasto inútil. Ela o procurou entre as pessoas, no mercado, na beira do mar, nos bordéis onde os homens a tocavam com os olhos. Perguntou e perguntou com sua garganta cada vez mais ferida. Entrou nos leprosários, nos templos e nas tavernas com os bandidos. Procurou por ele também fora da muralha, lá onde os desterrados choravam seu pranto infantil e as bruxas vendiam incenso contra o mau-olhado.

Ninguém o tinha visto.

Seu marido esperava que ela estivesse dormindo para se esgueirar até a cama das meninas. Uma noite, ela sonhou com seu homem. Ele sorria para ela, corria em sua direção, tocava-a em todos os lugares e ela se desfazia em suas mãos, tornava-se água, luz, vento. Entrava em seus olhos, em seus ouvidos, em sua boca, nos olhos doces de seu pênis, em seu ânus onde lhe dava beijos de amor. Ele a inspirava e a bebia. Ela acordou no meio do orgasmo, encharcada de fluidos e lágrimas, quase louca.

Ela encontrou o marido levantando o lençol sob o qual a pequena estava dormindo e saltou sobre ele com a ideia de cortá-lo em pedaços, cortar sua cabeça, seus braços, as pernas e também o pau asqueroso. Ele a viu pelo canto do olho e a jogou no chão com todas as suas forças. A mancha de sangue foi crescendo no chão de terra batida e ela perdeu a consciência justo quando as meninas se jogavam contra ele.

Quando acordou, estava montada num burro. Estava amarrada pelas mãos e pés. Para trás ficava seu povo, a terra marrom e o sol dourado de sua infância, e a cabana do pastor onde conheceu deus. Também ficavam suas filhas, gravemente feridas, quase mortas, aos cuidados das mulheres do templo.

Seu marido levava um chicote nas mãos e ia dando golpes no burro para que se apressasse quando ela, desesperada de terror, se deu conta do que estava acontecendo. Ela tentou gritar, mas ele havia colocado uma mordaça em sua boca. Tentou se soltar, mas os nós apertavam se ela se mexesse. Ele falou.

— Se você olhar para trás, algo muito ruim vai lhe acontecer.

Ela sabia que tudo o que lhe pertencia estava lá, suas memórias, suas filhas, a tigela em que tomava chá e ele, a única coisa viva em meio a tanta morte.

Então ela ouviu o pássaro que não era um pássaro. Seu canto foi como se milhões de luzes explodissem na noite. Como você não vai olhar quando o céu explode com toda força sobre sua cabeça? Como não vai olhar quando deus aparece para você?

Ela virou a cabeça e lá estava ele, seu homem, sorrindo e estendendo a mão para que ela a pegasse.

— Eu lhe avisei para não olhar para trás.

Depois de um grande calor no coração, sentiu que seu corpo congelava por dentro. A dor era como um susto, ela ficou imóvel enquanto o sangue de todo o seu corpo ia descendo a colina, regressando, regressando.

LORENA

A Lorena Gallo

A Angelita me disse: vou te apresentar ao homem da sua vida e eu digo: de novo? Sim, sim, ele é gostoso e é perfeito para você. Eu pinto a linha dos olhos fazendo um delineado comprido e passo batom brilhante porque assim, acho, vou receber nem que seja alguns beijos. O cara é gringo e eu gosto de gringos. Sim. Eu gosto que eles cheirem a sabonete Pears e a sabão em pó e nada mais, eu gosto que eles tenham aqueles dentes tão brancos, perfeitinhos. Eu gosto que sejam um pouco patetas. Eu gosto que eles paguem tudo sem dar importância. Eu gosto que na cama eles sejam tão agradecidos, meio simplórios, mas agradecidos, que digam *god oh god* e gozem um leite que não cheira a nada ou talvez um pouco a Pears, a detergente Tide. Eu vou trepar com o gringo. Ponho uma camisa decotada, preta, e uma calça que empina a bunda que comprei por catálogo e que para mim, que sou normalzinha, me faz parecer espetacular, uma puta de uma bunda.

Vamos a um mexicano porque os gringos, digam o que digam, acham que somos todos mexicanos e que nos sentimos em casa e que, com comida mexicana, nós ficamos quentes. *You sexy mama.* Depois de três jarras enormes de margaritas, começamos a dançar e o gringo, que não é bunda-mole como eu pensava, mas tem cara de curioso que só ele e uns olhos verdes de diabrura, desliza a mão por dentro do levantador de traseiro e da tanga e mete um pouco o dedo para separar minhas nádegas. Ai, que gringo. Me encanta. Ele se parece com o príncipe dos contos de fada: tem cabelos castanhos, é branquinho, alto e todo robusto. Ainda por cima, é ousado. Se eu não tiro sua mão, ele me despe aqui no meio de todas as pessoas, que já nos olham com desprezo e uma senhora mexicana até faz o sinal da cruz. Nem chegamos em casa. Trepamos dentro do carro mesmo. Que barbaridade de potência, de tamanho, de grossura, de truques. Ai, que gringo. Mete gringo, mete, eu falo pra ele e ele *yes*, *yes*, *yes*, só no *yes*, só no *god*, e nós dois gozamos quase até desmaiar de prazer. Bêbados de trepar, nos olhamos e rimos alto. Belo par de idiotas. Talvez ele seja mesmo o homem da minha vida, como disse a Angelita.

Na casa dele, continuamos. Trepamos como bestas selvagens, sem parar e gritando, durante todo o sábado à noite e todo o domingo. Ele me penetra e me come e me chupa e me sorve e me empala e me lambe e mete em mim até eu perder a consciência. Quando chego em casa, no domingo à noite, me olho no espelho: meus lábios estão inchados, os mamilos mordidos, quase roxos, e o pescoço todo cheio de chupões. Eu sorrio como uma garota de quinze anos. Me apaixonei pelo gringo bom de foda. Mas foi só sexo, Lore, ele nem vai te ligar nem nada. Eu ando de maneira estranha e minha vagina dói: desmaio de exaustão na cama. Segunda-feira, depois do trabalho, falo com a Angelita ao telefone. Gritinhos de riso e constrangimento. Puta, ela me diz, que puta que você é, Lore. A *roomate* manda que ela saia do apartamento porque está fazendo muito barulho e ela me conta que John perguntou de mim, que queria voltar a me chamar para sair, sim, ele gostou muito de mim. Agora quem grita sou eu. Bem alto, como uma louca, até que os vizinhos batem na parede e começam a ameaçar chamar a polícia. Bem, então, *motherfuckers*, parem de encher o saco.

John e eu nos casamos numa cerimônia à qual compareceram poucos amigos. Sua família não concorda que ele se case com uma latina quase desconhecida, manicure, uma imigrante *my god*, mas ele não dá a mínima. Eu ponho umas flores cor-de-rosa no cabelo e ele, seu uniforme militar azul. Sinto tanto amor por ele quando o vejo ali no altar, esperando por mim, tão gringo, tão alto, tão bonito. Meu coração salta no peito. Uma garota como eu, que vende cosméticos de porta em porta, que faz a unha de mulheres endinheiradas, nunca pensa que os sonhos vão se tornar realidade.

Uma garota como eu sempre espera o pior.

John me excita como nenhum outro no mundo. Uma fome que se alimenta de fome. Nossa vida sexual é nossa vida inteira, a gente se esquece de tudo e de todos, paramos de assistir televisão, de sair, de encontrar as pessoas. Passamos o tempo todo trepando. Nunca um homem me fez sentir o que meu gringo me faz sentir, meu John, que animal, meu sonho americano com uma pica.

Não sei se isso acontece com todas as mulheres, mas, depois de trepar, eu sinto o amor vivo, como se pudesse esticar as mãos e agarrá-lo e abraçá-lo como um balão de gás hélio e sair flutuando. Às vezes, imagino que estou observando nós dois ali embaixo, suados e brilhosos de tanto sexo, e adoro a imagem do meu corpo ao lado do dele.

Nós, Lorena e John, John e Lorena, uma só coisa.

Em casa, não pode faltar Budweiser. Parece que somos patrocinados. Se falta algum dia, por qualquer motivo, John fica louco. Fica vermelho de raiva e me culpa. Você não pensa em mim. Pega as chaves do carro e vai comprar dois ou três pacotes de doze cervejas. Quando é dia de futebol americano na TV, ele é capaz de tomar vinte cervejas sem respirar.

Quando você se levanta de manhã, nunca sabe se aquele é o dia em que sua vida vai à merda. O primeiro dia do resto de sua vida. Se ao menos soubéssemos, se estivesse circulado em vermelho como os dias santos, poderíamos nos antecipar, nos afastar, nos proteger. Os dias se sucedem às noites e, no meio daquela dança tão antiga como o tempo, a escuridão entra na casa de uma mulher.

Eu lavo os pratos. Ele bebe. Peço que desacelere um pouco, que já tomou umas dez latinhas em uma hora. Ele se levanta do sofá, me joga contra a parede e cospe em mim. Ele me diz que eu sou uma latina estúpida e que uma latina estúpida não vai lhe dizer quanta cerveja pode tomar. Aí ele agita uma das latas, abre-a e espalha seu conteúdo por toda a cozinha que acabei de limpar. A espuma cai nos pratos lavados, nas panelas que refletem seu rosto irado e meu rosto de medo, nas facas, em mim.

Aquele homem, que não é o homem que amo, fica como um espírito maligno que não sai de casa e te segue do banheiro para o quarto e depois para a sala de jantar. Como um fantasma, como um demônio, ele não vai embora.

Cada vez que falo com John, ele me imita e a voz que faz é o de uma pessoa com problemas mentais. Você fala assim, ele ri, você fala como uma retardada. Eu respondo a ele, digo-lhe que experimente tentar falar outra língua, ser estrangeiro. Ele dá um tapa na minha cara, põe sua mão grande no meu pescoço, me diz que nunca será um estrangeiro, porque nós, estrangeiros, somos uns perdedores e que, se eu voltar a responder, ele vai me bater até que eu tenha de andar numa cadeira de rodas.

Eu paro de falar. Cada vez que tenho de lhe dizer algo, treino dez vezes na cabeça e, quando a frase sai da minha boca, parece a voz enlatada de uma professora de idiomas. Ele ri ainda mais. Você é uma vergonha, diz ele, parece um animal amestrado, e você é feia, muito feia, como é que eu fui me casar com você? Se não fosse por mim, ele diz, você estaria se vendendo nas ruas, como todas as putas latinas neste país. Vou fazer com que te deportem, você não é nada, você é um lixo.

O homem que diz essas coisas para mim na sala vem até minha cama para dormir comigo. Depois de dez, doze ou vinte cervejas, tudo o que ele quer é me machucar. Uma mulher que jurou amar alguém diante dos seus amigos e diante de deus não deveria lavar os lençóis ensanguentados da cama de casal depois que seu marido lhe rompe todos orifícios. Uma mulher apaixonada não deveria ter que desinfetar feridas íntimas. Uma mulher não deveria chorar de medo cada vez que seu homem vai para a cama.

Ele está sempre tão bêbado.

Quando chego do trabalho, eu o encontro no sofá com as latas de cerveja vazias. Seu lindo rosto de gringo tornou-se um rosto perturbado de olhos verdes, um rosto que, se você visse num beco, ficaria paralisada de terror. O beco é minha cozinha e o atacante usa um anel com meu nome gravado nele.

Eu não digo nada a ninguém. Não quero que eles odeiem John, não quero que tenham pena de mim, não quero ser divorciada, porque sempre me disseram que uma divorciada é uma pecadora. Nem quero que chegue aos ouvidos da minha família que sou uma daquelas mulheres de quem ouvi falar tantas vezes, aquelas com maridos alcoólicos e violentos que suportam os espancamentos, porque mesmo que batam, mesmo que matem, é seu marido; aquelas que dizem, por trás dos óculos escuros, eu caí; as que explicam repetidamente, mesmo que ninguém lhes pergunte, que o marido está sob muita pressão.

Nenhuma recém-casada, com seu vestido de babados e suas flores no cabelo, pensa que vai ser uma daquelas mulheres de quem falam tanto, uma daquelas que os outros comentam entrecerrando os olhos e balançando a cabeça, uma daquelas cujos nomes foram substituídos pelos de espancada, estuprada, abusada, assassinada.

Nenhuma recém-casada acredita que será outra coisa além de feliz.

John me bate na rua. Saímos do supermercado com as compras e cruzamos com um homem. Ele enlouquece, fala que eu flertei com o estranho, como eu posso ser tão puta, que eu mereço ser morta, que ele sonha em atirar no meu estômago e me observar cair em câmera lenta no asfalto, sonha em arrancar meu coração enquanto ainda estou viva e mostrá-lo para mim e comê-lo. As pessoas no estacionamento o veem e o escutam. As palavras vadia, porca, nojenta, suja flutuam ao nosso redor como flechas de néon. Ele, um homem enorme, me dá um soco na cara e me joga no chão. Ninguém se aproxima.

Ninguém diz nada. Entre aqui no carro ou eu vou te atropelar, sua puta, ele me diz.

Quase todas as noites de verão há futebol. Ele bebeu, como sempre, até cambalear e assim, tropeçando em tudo, vem para o quarto. Fica nu e na escuridão eu vejo sua ereção, seu pau que eu tanto amei, que acariciei como se fosse o rosto do meu bebê, que enfiei na boca e chupei para me alimentar dele. Faz muito tempo que não me anima a ideia de tê-lo dentro de mim, de embalá-lo com minha pele e envolvê-lo na minha carne molhada até que ambos explodam de prazer. Cada vez que ele me estupra, lembro-me do espanto das primeiras vezes, o canto da minha vagina, o clitóris como um coração e todo aquele marshmallow quente que ele lambia e lambia até me deixar limpa como um cachorrinho recém-nascido. Éramos brilhantes e agora estamos cheios de sangue.

Ele levanta os lençóis e arranca minha calcinha. Eu digo a ele que não, de novo, não. Eu digo por favor, John, por favor, e ele entra em mim como uma furadeira elétrica. Não sei quanto tempo dura, mas a dor abre minha carne como se ele estivesse me penetrando com fogo. Eu saio do meu corpo para sobrevoar nós dois, observar-nos lá embaixo, mulher e homem, esposa e marido, estuprada e estuprador, e acho que não deveria mais ver isso, que ninguém deveria ver isso.

Ele dorme. Sangrando e com seu sêmen gotejando entre minhas pernas, eu me levanto. Entro na cozinha e no escuro a vejo, brilhando como a estrela de Belém, me mostrando o caminho. Pego-a com força pelo cabo e volto para o quarto.

FREAKS

Olhar para o relógio. Ver o ponteiro grande girar até chegar às doze. Gritar que as férias começaram. Correr para a caminhonete da família e subir com cuidado. Desviar dos cascudos dos irmãos. Aguentar que eles digam bicha, veado, maricas, bichona, afeminado, boiola, invertido, pederasta, bambi, fresco, baitola, entendido, desviado, biscoito, gay, transviado, frutinha, louca, até que se cansem. Levantar o rosto e sentir o vento mudar, tornar-se mais puro, mais bonito. Cheirar o mar de longe e sorrir. Desviar-se de novos cascudos. Escutar outra vez por que você é assim, aja como um homem, o que é essa mão. Abraçar a vovó. Comer o peixe recém-pescado com os olhos ainda brilhantes. Correr para a praia. Correr como um cachorro. Correr e correr com toda a velocidade que as pernas permitam. Lançar-se na água. Dar gritinhos de alegria. Banhar-se na espuma. Mergulhar nas profundezas. Segurar tanto a respiração que parece que o ar não é mais necessário. Baixar e baixar. Tocar as estrelas-do-mar, os corais, as tartarugas-marinhas que pastam como vaquinhas encouraçadas. Implorar por um pouco mais de tempo na água antes de ir para casa. Resignar-se. Secar-se. Comer. Tirar um cochilo. Despertar vermelho de sol e calor. Visitar o povoado com seu circo e seu mercado. Entrar numa das lojas e ver pela primeira vez o cabeçudo. Franzir o nariz de espanto por causa da merda. Cobrir a boca com o lenço. Aguentar a náusea que faz subir o peixe não digerido até o peito e enche os olhos de lágrimas. Olhar para o cabeçudo, olhar bem para ele. Ser olhado por ele. Perguntar o que acontece com aquela criança, por que eles mantêm aquela criança entre os porcos e a sujeira dos porcos, onde estão os pais dessa criança. Pegar na mão da mãe com medo. Abaixar os olhos diante do olhar do cabeçudo. Voltar a subi-los para encontrá-lo chorando, abrindo os braços para as pessoas que olham para ele. Controlar a ânsia de vômito quando um porco primeiro cheira o cabeçudo e então faz cocô quase em cima dele. Espantar as moscas e as varejeiras. Ouvir a mamãe dizer coitadinho e o pai dizer que besta e os irmãos que puta nojo desse monstro. Insistir que é preciso ajudá-lo, chamar a polícia, levá-lo embora. Gritar. Entender que ninguém, nenhum dos adultos que olha com nojo para o cabeçudo e cobre o nariz com a mão, vai fazer alguma coisa. Esconder as lágrimas ao ver que o cabeçudo, depois de chorar e berrar, cochila com seu polegar imundo enfiado na boca. Ficar furioso por ser muito jovem para entrar no chiqueiro, pegá-lo, levá-lo primeiro para tomar banho e depois comer. Recusar-se a partir. Receber um soco no ombro de um dos irmãos e um empurrão do outro. Ouvir novamente durante todo o caminho de casa a cantilena que começa com bicha. Sonhar que os porcos comem o cabeçudo, que o cabeçudo morto grita com ele, por que ele não fez nada para ajudá-lo, que o está perseguindo na praia, mal sustentado por aquelas pernas ridículas comparadas ao tamanho de sua cabeça, uma criança caranguejo. Acordar banhado em suor e tremendo. Desviar dos tapas dos irmãos que perguntam se a menininha se assustou com um pesadelo. Vê-los fazer uma imitação do que eles acham que é uma garota assustada. Silenciar. Levantar-se assim que amanhece. Ajudar a avó com o café da manhã. Recolher os ovos apesar do vendaval de cacarejos e penas de galinha. Agradecer pelas moedas da vovó. Tomar o café olhando para cada um dos membros da família. Ver o pão desaparecer em segundos nas mandíbulas de seus irmãos. Ver a testa do pai, sempre tão enrugada, atrás do jornal. Ver como a mamãe segura a xícara de um modo tão triste. Devolver o olhar para a avó que sabe, que entende, que lhe diz eu te amo sem dizer uma palavra. Correr para a cidade. Procurar o bêbado que cuida da entrada do circo. Pôr as moedas da avó naquela palma imunda. Temer aquele sorriso negro e vicioso, aquela língua protuberante, aquela mão rápida que quer tocá-lo. Entrar no chiqueiro onde o cabeçudo dorme. Espantar os porcos que se afastam grunhindo. Pegá-lo nos braços. Surpreender-se de como ele pesa pouco. Aproximá-lo de seu corpo. Sorrir. Fugir do bêbado que grita o que você está fazendo com o monstro, que se você quiser fazer algo com ele, você tem que pagar mais. Sair para o sol novamente com o cabeçudo nos braços como uma mãe orgulhosa de seu filho. Afastar-se do circo e do bêbado que grita para que os outros detenham a bichinha que está roubando o cabeçudo. Correr em direção ao penhasco sussurrando que tudo vai ficar bem, que eles vão ficar bem, que tudo isso vai acabar, a feiura, os porcos, os olhares de nojo das pessoas, as bofetadas, o medo. Chegar ao topo com as pessoas do circo em seu encalço, gritando o que você está fazendo, seu maricas estúpido. Olhar para o cabeçudo que sorri com sua boca desdentada e seus olhinhos brilhantes de peixe e que diz sem falar irmão, irmão. Lançar-se ao mar. Sentir que durante a queda as pernas se juntam em uma só que vai crescendo, rápida e violenta, uma cauda que ao colidir com a água levanta uma espuma iridescente, cegante de tão bonita.

Este livro foi composto em Fairfield LT Std
no papel Pólen Natural para a
Editora Moinhos.